Clarice Tartufari

(1868 – 1933) wurde in Rom geboren und schrieb mehrere Romane und Theaterstücke, die von Benedetto Croce, dem wichtigsten Kritiker jener Zeit, hoch gelobt wurden. «Ihr sehnlichster Wunsch» wurde 2007 in Frankreich wiederentdeckt und erscheint mit dieser Ausgabe zum ersten Mal in deutscher Sprache.

Marc Föcking ist Professor für italienische und französische Literatur an der Universität Hamburg. Aus seinen Forschungsschwerpunkten – italienische Renaissance, Barock und die italienische und französische Romanliteratur des 19. Jahrhunderts – sind diverse Bücher hervorgegangen, so etwa «Pathologia litteralis. Erzählte Wissenschaft und wissenschaftliches Erzählen im französischen 19. Jahrhundert» (2002).

Umschlaggestaltung: any.way,
Barbara Hanke/Cordula Schmidt
Umschlagabbildungen: bpk/National Gallery,
SMB/Jörg P. Anders; Private Collection/
ARCHIV LENTES/Bridgeman Berlin

Ginevra wächst in Rom in ärmlichen Verhältnissen auf. Eigentlich soll sie in die Fußstapfen ihrer Mutter treten und Schneiderin werden. Doch ihre Lehrerin hält Ginevra für begabt und erkennt, dass sie das Zeug zu mehr hat: Sie soll ebenfalls Lehrerin werden. Und tatsächlich wird Ginevra nach ihrer Ausbildung eine Stelle bei Frascati angeboten. Ihr sehnlichster Wunsch scheint in Erfüllung gegangen zu sein, ein freies, unabhängiges Leben.

Doch als Ginevra im Zug nach Frascati sitzt und vom Dampf der Lokomotive fortgetragen wird, fühlt sie sich plötzlich allein. Am liebsten wäre es ihr, die Reise würde nie enden. Ahnt sie bereits, dass alles ganz anders kommen wird, als sie es sich in ihren kühnsten Träumen ausgemalt hat?

Clarice Tartufari

Ihr sehnlichster Wunsch

Roman

Deutsch von Suse Vetterlein

Herausgegeben und mit
einem Nachwort versehen von
Marc Föcking

Kindler

1. Auflage August 2008

Satz aus der Dante PostScript
bei hanseatenSatz-bremen, Bremen
Druck und Bindung GGP Media GmbH, Pößneck
Printed in Germany
ISBN 978 3 463 40537 7

Ihr sehnlichster Wunsch

1. Kapitel

Maddalena, die sonst immer so müde aussah, wie jemand, der zu viel arbeitet und stets gezwungen ist, gegen die Nöte des Lebens zu kämpfen, war an diesem Tag fröhlich, und auf den ersten Blick erriet man, dass die gute Frau glücklich war.

War doch Ginevra, ihre einzige und geliebte Tochter, in die höhere Schule aufgenommen worden, die sie nach drei Jahren Ausbildung als Grundschullehrerin verlassen würde.

Maddalena dachte überhaupt nicht daran, wie lang diese drei Jahren werden könnten, sie dachte nicht an all die Hürden, die einen guten Abschluss verzögern oder gar verhindern könnten; sie machte sich keine Gedanken um die Opfer, die sie und ihr Mann bringen müssten, um für die Kosten der Bücher, der Gebühren und der Kleidung aufzukommen.

Sie glaubte schon, den Neid und die Bewunderung anderer Mütter aus der Nachbarschaft zu spüren; schon sah sie Ginevra, wie sie ihren Beruf ausübte und dabei das Nötige verdiente, um sich und ihre Familie zu ernähren, ohne jeden Centesimo zweimal umdrehen zu müssen.

Dann würde auch die arme Maddalena endlich einmal zur Ruhe kommen! Sie fühlte, wie nötig sie das hatte, nachdem sie in ihrer achtzehnjährigen Ehe nicht einen ruhigen Moment hatte genießen können, immer das Bügeleisen in der Hand, von früh bis spät, um sich als Büglerin mühsam ein bisschen Geld zu verdienen.

Zunächst war man sich einig gewesen, dass Ginevra nach vier Jahren Volksschule Schneiderin werden sollte, doch eines Tages hatte die Rektorin zu Maddalena gesagt, das Mädchen sei sehr begabt und sie müssten eine Lehrerin aus ihr machen. Der armen Frau war diese Idee so glänzend und gleichzeitig so aussichtslos erschienen, dass sie damals sogleich den Kopf geschüttelt und gesagt hatte, daran sei gar nicht zu denken. Aber an diesem Tag dachte sie sehr wohl daran, und auch an den darauffolgenden Tagen, und mit der Zeit kam ihr das, was ihr zunächst unmöglich erschienen war, plötzlich durchaus machbar vor, eigentlich ohne weiteres machbar, und so sprach sie mit ihrem Mann darüber und zählte eine ganze Reihe von Gründen auf, um ihn zu einem Einverständnis zu bewegen.

Giuseppe, der als Briefträger arbeitete und fast nie

zu Hause war, brummte zunächst irgendetwas vor sich hin, doch dann erschien auch ihm die Idee, Ginevra könne Lehrerin werden, durchaus verlockend, und er erklärte sich einverstanden.

Was das Mädchen anging, so nahm es die Entscheidung der Eltern freudig an und begann sofort mit großem Eifer zu lernen, um sich möglichst gut auf die Zulassungsprüfung vorzubereiten. Zu guter Letzt war Ginevra – nach Tagen voller Unruhe, Angst und Sorgen – im ersten Ausbildungsjahr eingeschrieben.

Um vier Uhr nachmittags vernahm Maddalena, die schon die ganze Zeit die Ohren gespitzt hatte, die leisen Schritte ihrer Tochter auf der Treppe und öffnete aufgeregt, mit einem breiten Lächeln auf dem Gesicht, die Tür.

Das Mädchen sah leicht anämisch aus, der Gang war müde, wie bei fast allen Mädchen, die das Unglück haben, in den engen Vierteln einer großen Stadt aufzuwachsen, wo die Häuser dicht an dicht stehen, in jenen tristen, feucht-kalten Vierteln, in die nur selten die Sonne dringt, wo der Atem der zu vielen Menschen die Luft ungesund macht. Auf den ersten Blick wirkte das junge Mädchen eher farblos, die Klatschbasen aus der Nachbarschaft bezeichneten es sogar als hässlich und bemängelten das blasse Gesicht und die schmächtige Figur. Doch ein aufmerksamer Beobachter hätte an ihr viele Vorzüge entdecken können, die zunächst nicht auffielen: Das kastanienbraune Haar war weich und kräftig; die schmalen, schön geschwungenen Augenbrauen verliehen ihr eine naive, fast kindliche Ausstrahlung, die verführerisch wirkte; sie hatte einen sanften, gutherzigen Blick, und wenn sie lächelte, kamen ihre weißen, geraden Zähne zum Vorschein, ihr ganzes Gesicht strahlte, sodass sie in solchen Momenten sehr anmutig wirkte.

Maddalena nahm der Tochter die Schultasche ab und bestürmte sie mit tausend Fragen.

«Und, was hast du heute gelernt? Was haben die Professoren gesagt? Sind die anderen Schülerinnen genauso gut wie du ...?»

Ginevra musste über die neugierigen und naiven Fragen ihrer Mutter lachen.

«Was soll ich in den paar Stunden schon gelernt haben? Und was sollen die Professoren schon sagen? Wir sind doch so viele, da hätten sie ziemlich viel zu tun, wenn sie mit jedem Einzelnen reden müssten! Und was meine Mitschülerinnen angeht, da kann ich dir sagen, dass alle viel besser gekleidet waren als ich. Beim Hinausgehen habe ich sogar gehört, wie mich eine aus dem dritten Jahr Lumpenweib nannte!»

Die gute Maddalena fühlte sich gedemütigt, als ihre Tochter von den Kränkungen erzählte, und von diesem Tag an sollte diese immer ihr graues Wollkleid tragen, das bisher achtsam gehütet und nur für besondere Anlässe aus dem Schrank geholt worden war.

Die drei Jahre verliefen regelmäßig und eintönig, ohne dass besondere Ereignisse das Leben der Familie Gabrielli erschüttert hätten.

Maddalena sah mit Freuden dem großen Tag entgegen, da die Tochter Lehrerin sein und Wohlstand ins elterliche Heim bringen würde. Ginevra nährte die übertriebene Hoffnung der Mutter zwar nicht, doch ihre jugendliche Phantasie spiegelte ihr eine märchenhafte Zukunft vor, sie stellte sich vor, dass sie glücklich in einer sauberen, ordentlichen Schule wohnen würde, umgeben von einer rosigen und lächelnden Kinderschar.

Es fehlten nur noch wenige Monate bis zur Zeit der Abschlussprüfung, als ein Neffe Maddalenas, ein Kunsttischler aus einem kleinen Provinzstädtchen, den Entschluss fasste, nach Rom zu gehen, um dort Arbeit zu finden und ein wenig Geld zu machen.

Man beschloss, den Jungen in einem kleinen Zimmer im Haus der Tante wohnen zu lassen und in die Familie aufzunehmen, wenn er jeden Monat eine bescheidene Summe zahlte.

Carlo war ein liebenswerter, tüchtiger junger Mann,

der sich fast nie betrank, nur in allerhöchstem Zorn fluchte und seinem Beruf mit einer gewissen Leidenschaft nachging.

Wegen seines unbekümmerten, fröhlichen Gemüts, wie man es mit fünfundzwanzig eben hat, schlossen ihn Onkel, Tante und Cousine sofort in ihr Herz, und oft machte sich Ginevra abends den Spaß, ein paar seiner sprachlichen Fehler zu korrigieren oder ihm ein Gedicht zu erklären, um einen gebildeten Mann aus ihm zu machen, wie sie zu sagen pflegte – oder um ihn verdummen zu lassen, wie er behauptete. Aber er meinte das nicht ernst, denn diese abendlichen Lektionen waren für ihn ganz im Gegenteil seine einzige Erholung, teils, weil er noch viel lernen wollte, um sich dem Niveau der Cousine anzunähern, teils weil er es genoss, von seiner reizenden Lehrerin gelobt oder getadelt zu werden. Ginevra nahm ihre Sache sehr ernst und behandelte ihn tatsächlich wie ein Schulkind: Sie setzte sich neben ihn und überprüfte das Diktat, sie schaute ihm über die Schultern, um das Gekritzel in seinem Heft zu entziffern, sie legte seine Hände ordentlich auf den Tisch, sie drohte ihm mit strenger Miene, wenn er krumm dasaß oder ihm ein besonders grober Fehler unterlief. Wenn sie neben Carlo saß, wurde seine Schrift unleserlich, denn der listige Schüler hielt dann die Schreibfeder wie einen Meißel, damit die junge Lehrerin seine Hand nehmen und ihm zeigen musste, wie man es richtig macht.

Für Ginevra war ihr Cousin nichts anderes als ein harmloser großer Junge, mit dem man sich unbeschwert die Zeit vertreiben konnte, und niemals wäre sie auf die Idee gekommen, der arme Kerl könnte für sie mehr empfinden als die herzliche Sympathie oder die geschwisterliche Zuneigung, die sie ihm entgegenbrachte. Außerdem entsprach Carlo nicht ihrem Idealbild von einem Mann. Sie kannte die vorzüglichen Qualitäten ihres Cousins und wusste sie zu schätzen, mehr aber auch nicht.

An dem Tag, als Ginevra endlich ihr Diplom als Lehrerin erhielt, bereitete Maddalena einen Festschmaus, Giuseppe lud zwei Freunde und deren Frauen ein, und so wurde der langersehnte Augenblick ausgiebig gefeiert. Wenn man sie so fröhlich und freudestrahlend um den Festtagstisch sitzen sah, von ihren großartigen Plänen, die sie schmiedeten, reden hörte, oder davon, was im Haus alles erneuert werden könnte, so schien es, das Schicksal hätte die kleine Familie ganz unvermittelt mit reichlich Glück beschenkt.

Tagelang wiederholte Maddalena immer wieder aufs Neue:

«Das hat Ginevra gesagt, und die ist Lehrerin! Jetzt, wo meine Tochter doch Lehrerin ist! Das muss ich Ginevra fragen, die ist schließlich Lehrerin!» Und ihre Nachbarinnen wurden nicht müde, sie immer wieder zu hänseln – teils weil sie es nicht mehr hören konnten, teils aus Neid.

Wer sich am wenigsten freute, war Carlo, der seit geraumer Zeit weder fröhlich noch redselig war, denn dem Armen schien es, als hätte sich zwischen ihm und seiner Cousine eine unüberwindliche Mauer hochgezogen, seit sie Lehrerin war. Da Carlo jeden Tag mit Ginevra zusammen gewesen war, viel Zeit mit ihr verbracht und immerzu ihre Stimme gehört hatte, hatte er sich im Laufe der Zeit Hals über Kopf in sie verliebt. Doch wenn er an den Unterschied zwischen sich, dem einfachen Handwerker, und ihr, dem so gebildeten, reizenden Mädchen, dachte, verbarg er schnell seine Gefühle, sie erschienen ihm allzu töricht.

Ginevra hatte bereits ein Gesuch eingereicht, um alsbald eine Anstellung zu finden, sie war gar nicht erst auf die Idee gekommen, dass ihre Anfrage abgelehnt werden könnte. Doch die Ernüchterung stellte sich schnell ein, denn der November rückte näher, und noch immer hatte sie keine Antwort erhalten. So beschloss die junge Frau, sich an den Schulinspektor zu wenden, mit dem sie nach drei erfolglosen Versuchen schließlich auch sprechen konnte.

Er empfing sie im Stehen, gehetzt, ganz wie jemand, der gewisser Besucher überdrüssig war, und schon nach wenigen Worten verabschiedete er sie wieder:

«Ich werde versuchen, an Sie zu denken, Signorina, aber wir haben so viele Anfragen, dass wir für jedes Kind eine eigene Lehrerin ernennen müssten, wenn wir allen stattgeben würden!»

Ginevra ging traurig und entmutigt nach Hause. Es widerstrebte ihr, etwas erbetteln zu müssen, von dem sie glaubte, es stünde ihr rechtmäßig zu; andererseits quälte sie der Gedanke, dass sie ihre Eltern enttäuscht hatte, die doch so viel für sie getan und all ihre Hoffnung auf sie gesetzt hatten.

Eine Signora, für die Maddalena schon seit Jahren bügelte, verwies sie an einen Ministerialrat im Bildungsministerium.

Zu diesem begab sich Ginevra schließlich mit ihrer Mutter, und schon beim Betreten des Palazzo della Minerva lief ihr ein kalter Schauer über den Rücken: Die Amtsdiener, die sie so unverschämt musterten und sich kaum dazu herabließen, ihr mit einer Handbewegung den Weg zu zeigen; die Geschäftigkeit der vielen Leute, die nach dem Stand ihrer Eingaben fragen wollten; die angespannten Gesichter derer, die hinaufgingen, und die meist bedrückten Mienen derer, die herunterkamen – all das bewirkte, dass Ginevra diese endlosen Stufen mit unbeschreiblichem Herzklopfen hinaufstieg.

Als sie das kleine Vorzimmer vor dem Büro des Ministerialrats betraten, trafen sie dort einen Amtsdiener an, und als dieser die bescheidene Kleidung der zwei Frauen und ihr schüchtern-verlegenes Verhalten bemerkte, überschüttete er sie unter großem Gebaren mit Fragen, als würde er tatsächlich etwas bedeuten.

«Mit wem wünschen Sie zu sprechen?»

«Mit Herrn Ministerialrat Galli.»

«Tut mir leid, er ist gerade beschäftigt und kann niemanden empfangen.»

«Dieses Schreiben ist für ihn», erwiderte Maddalena schroff – sie war Formalitäten nicht gewohnt und als echte Römerin auch nicht gerade geduldig.

«Ist das Schreiben von einem Abgeordneten?»

«Nein, von einer Dame!»

«Schon gut, geben Sie es her! Ich werde es ihm aushändigen.»

«Niemals! Und wenn ich dafür die Füße des Heiligen Vaters küssen dürfte», brummte Maddalena, doch ein flehender Blick der Tochter brachte sie zum Schweigen.

Nach wenigen Minuten kehrte der Amtsdiener zurück und forderte sie auf einzutreten.

Die beiden Frauen sahen den Ministerialrat gerade

einige Formulare unterschreiben, er war so vertieft in seine Arbeit, dass er sich durch nichts ablenken ließ, bis er fertig war; dann läutete er eine kleine Glocke, überreichte dem Amtsdiener die Unterlagen und entschied sich endlich, sich den beiden Frauen zuzuwenden, die verlegen vor ihm standen und wegen des wenig freundlichen Empfangs nur noch schüchterner waren.

«Nun … die Signorina hat also in Rom studiert?», fragte der Ministerialrat, nachdem er einen flüchtigen Blick auf das Schriftstück mit Ginevras Empfehlung geworfen hatte.

«Jawohl!», antworteten Mutter und Tochter im Chor.

«Und nun wünschen Sie zu arbeiten, nehme ich an.»

«Ich wünsche es mir nicht, ich muss …», murmelte Ginevra und errötete.

«Das ist nicht ganz einfach, denn hier findet jeden Tag eine regelrechte Prozession von Vätern und Müttern statt, die eine Arbeit für ihre Töchter wünschen. Mein Gott, alle wollen Lehrerin werden, eine richtige Manie ist das!»

Maddalena fand den Mut, mit zitternder Stimme zu insistieren:

«Dann ist das erst der Anfang unseres Unglücks, wo

wir dachten, jetzt wäre alles überstanden? Wir hatten gehofft, Ginevra könnte uns unterstützen, und jetzt, nach all den Opfern, die wir gebracht haben, nach all den Strapazen, findet meine Tochter keine Anstellung?»

Aus den Worten der Frau klang so viel Kummer, dass der Ministerialrat Mitleid empfand. «Im Grunde wäre es besser gewesen, Ihre Tochter hätte etwas Handfestes gelernt, dann wäre sie jetzt nicht auf die Hilfe anderer angewiesen. Aber jammern hilft nun auch nichts mehr, das Unheil ist ohnehin schon geschehen. Ich bin mit dem Inspektor gut befreundet und werde mit ihm über die Signorina sprechen. Ich kann fast garantieren, dass ich etwas erreichen werde.»

Nachdem sie sich bei dem Ministerialrat lebhaft bedankt hatten, verließen sie das Gebäude – Maddalena erleichtert und in der Gewissheit, dass ihr Töchterchen schließlich doch noch Lehrerin werden würde; Ginevra aufgewühlt und in der tiefen Überzeugung, dass sie den falschen Weg eingeschlagen hatte und die Zukunft ihr noch weiß Gott wie viel Leid und Enttäuschung bescheren würde.

Sie begab sich auf direktem Weg nach Hause, während Maddalena noch zu einigen Kunden ging, um dort die Wäsche zum Bügeln abzuholen. Als Ginevra zu Hause ankam, fand sie ihren Cousin vor, mit dem sie in den letzten Tagen kaum ein Wort gewechselt hatte.

Als Carlo das verstörte Gesicht des Mädchens sah, ahnte er, dass auch dieser Versuch erfolglos gewesen war, und darüber empfand er – ohne zu wissen, warum – eine wahrhaftige Freude.

«Nun, wie ist es gegangen? Was hat der Herr Ministerialrat denn gesagt? Der ist sicher nicht besser als die anderen – viel Geschwätz und wenig dahinter.»

Ginevra musste den Zorn, der an ihr fraß, an irgendjemandem auslassen, auch sie wollte einmal in den Genuss kommen, jemanden zu quälen und zu demütigen, daher antwortete sie schroff:

«Misch dich nicht in meine Angelegenheiten! Was verstehst du schon von solchen Dingen? Der Signore ist ein guter, tüchtiger und höflicher Mensch, und ich werde bald als Lehrerin arbeiten. Wenn dir das nicht passt, ist das dein Pech!»

Mit diesen Worten schleuderte sie ihren Hut auf den Tisch und befahl ihm mit herablassender Geste:

«Ich habe Durst. Bring mir ein Glas Wasser!»

Carlo zögerte kurz, dann ging er in die Küche, spülte ein Glas, stellte es mit Wasser gefüllt aufs Tablett und brachte es dem Mädchen, das es in einem Zug leerte. Ein paar Sekunden lang standen sie sich gegenüber, er mit dem Tablett in der Hand, sie stocksteif, mürrisch, streng und herablassend.

«Du könntest dich ja bei mir bedanken», sagte Carlo; es sollte scherzhaft klingen, obwohl er verstört war, weil sich Ginevra ihm gegenüber so angriffslustig verhielt, und auch weil er allein mit ihr in der Wohnung war, was bis zu diesem Tag noch nie vorgekommen war.

«Und du könntest deinen Hut abnehmen», antwortete sie, zog die Schultern hoch und wandte sich zum Gehen, doch Carlo versperrte ihr den Weg und sagte mit flehender Stimme:

«Warum behandelst du mich so, Ginevra, was habe ich dir getan?»

Das Mädchen zerknüllte das Taschentuch in ihren Händen, schluckte zwei-, dreimal ihren Speichel, um die Tränen zurückzuhalten, die ihr die Kehle zuschnürten, dann warf sie sich auf einen Stuhl und brach in Schluchzen aus, das Gesicht in den Händen vergraben.

«Warum? Aber warum?», fragte Carlo besorgt, nicht wissend, wie er sie beruhigen sollte. Im selben Augenblick war die Stimme von Maddalena zu hören, die die Treppe heraufkam. Ginevra wischte sich schnell die Tränen ab und sagte zum Cousin:

«Bitte, sag Mama nichts, sie würde sich bloß Sorgen

machen. Außerdem haben wir nach dem heutigen Tag guten Grund zur Hoffnung. Ich bin eine Närrin …»

Gleich nachdem Maddalena eingetreten war, bestätigte sie Ginevras Worte; allerdings übertrieb sie bei den Versprechungen, die man ihnen gegeben hatte, so sehr, dass sich Carlo – der nicht feinfühlig genug war, um zu begreifen, was in dem Mädchen vorging – Ginevras Ausbruch nicht erklären konnte.

Die Ernennung traf eines Sonntags ein, als alle vier gerade bei Tisch saßen, traurig und schweigsam, nachdem zuvor ein ziemlich heftiger Streit zwischen Giuseppe und Maddalena ausgebrochen war, die sich in letzter Zeit des öfteren zankten und sich dabei gegenseitig vorwarfen, die Tochter ins Unglück gestürzt zu haben.

Als sie den Brief sahen, erahnten sie schon den Inhalt und brachen sofort in einhellige Freudenschreie aus. Mit zitternder Hand bemächtigte sich Maddalena seiner und reichte ihn der kreidebleichen Ginevra.

Sie war zur Lehrerin in einem kleinen Dorf in der Nähe von Frascati ernannt worden, mit sechshundert Lire Jahreslohn, unter der Bedingung, innerhalb weniger Tage vor Ort einzutreffen.

Alle waren enttäuscht, doch jeder achtete tunlichst darauf, dies nicht zu zeigen, sondern legte vielmehr eine Begeisterung an den Tag, die alles andere als spontan war.

Die wenigen Reisevorbereitungen dauerten nicht lange. Maddalena borgte sich von einer Nachbarin einen alten, zerknautschten Koffer, in dem sie die Wäsche ihrer Tochter verstaute. Ginevra hatte sich entschieden, am Donnerstag abzureisen.

Mittwochabend blieben sie lange auf, obschon Maddalena in einem fort wiederholte, Ginevra müsse früh aufstehen und es sei an der Zeit sich hinzulegen. Immer wieder fiel einem von ihnen etwas ein, worüber sie reden konnten, als ob sie das Unglück, das sie erwartete, schon geahnt hätten und die süßen Stunden familiärer Eintracht so lange wie möglich auskosten wollten. Um Mitternacht beschlossen sie, den Abend zu beenden, und nachdem sie sich immer wieder beteuert hatten, das Dörfchen liege ja nicht am Ende der Welt und Ginevra könne in den Ferien nach Rom kommen, legten sie sich aufgewühlt und zutiefst bewegt schlafen.

Ginevra betrat ihr armseliges Kämmerchen, in dem sie seit vielen, vielen Jahren schlief und wo sie an langen Winterabenden über unzähligen Büchern gewacht hatte, Kälte und Müdigkeit trotzend, immer in der Hoffnung auf eine freudvolle Zukunft. Plötzlich wurde sie von einem starken Gefühl der Zärtlichkeit für ihre Eltern und ihr Zuhause übermannt, dann von bitterer Schwermut bei dem Gedanken, die Mutter zurückzulassen und allein in jenem weitentfernten Winkel leben zu müssen, wo keiner sie kannte, wo keiner sie liebte.

Einen Augenblick lang geriet sie in Versuchung, ins Schlafzimmer der Eltern zu stürzen und sie anzuflehen, sie doch ja nicht gehen zu lassen, sondern ihr zu Hause eine Arbeit zu geben, irgendeine harte, schwere Arbeit, nur damit sie sich durch die elterliche Liebe geschützt fühlte und durch ihre Anwesenheit getröstet. Doch dann musste sie an das Elend ihrer Familie denken, und sie fand die Kraft, diesen Moment der Schwäche zu überwinden.

Sie kniete sich nieder, die Stirn an die Kante ihres kleinen weißen Bettes gelehnt, und betete inbrünstig, aus tiefster Seele. Sie bat um größeres Vertrauen in sich selbst, das ihr immer mehr abhandengekommen war; sie bat um einen stärkeren Glauben an ihre bescheidenen Ziele, die sie sich früher immer erträumt, aber mittlerweile aufgegeben hatte; sie bat für sich und ihre Eltern nicht um eine glänzende Zukunft, von der die Mutter so lange Zeit geträumt hatte, sondern einfach nur um ein bescheidenes Leben, das, wenn schon nicht von großen Freuden erfüllt, so zumindest von keinem tiefen Schmerz erschüttert würde.

Ihr Gebet wurde von einem leisen Geräusch durch das Öffnen der Tür unterbrochen. Jäh wandte sie sich um und erblickte den Cousin, der sich ihr auf Zehenspitzen näherte und mit hastiger, gepresster Stimme sagte:

«Nimm diese zwanzig Lire. Eigentlich wollte ich sie der Mutter schicken, aber im Moment hat sie sie nicht allzu sehr nötig. Nimm du sie, Ginevra, du kannst sie sicher gut gebrauchen.»

Das Mädchen ahnte, wie sehr sie den Cousin verletzen würde, wenn sie das Geld zurückwiese, daher nahm sie, ohne zu zögern, die beiden Zehn-Lire-Scheine an, die er ihr mit zitternder Hand reichte, und erfüllt mit Dankbarkeit gegenüber dem armen Kerl, der sie so sehr liebte, ohne es ihr jemals gestanden zu haben, warf sie ihre Arme um seinen Hals und sagte gerührt:

«Oh, wie gut du bist, Carlo! Wie gut du bist!»

Carlo war ganz benommen. Ihm war, als drehte sich das Zimmer, als rutschte ihm der Boden unter den Füßen weg, und fast mit Gewalt schob er Ginevra von sich, aus Angst, er könnte sich nicht beherrschen, wenn er noch ein paar Minuten länger so verharrte.

Zurück in seiner winzigen Schlafkammer, riss Carlo trotz der ungeheuren Kälte das Fenster auf, warf sich bäuchlings aufs Bett, ins Kissen verbissen, um das Schluchzen zu unterdrücken, und weinte, weinte lange wie ein Kind.

2. Kapitel

Am nächsten Tag standen sie zeitig auf, wenngleich der Zug, der Ginevra nach Frascati bringen sollte, erst um zehn Uhr fuhr.

Sie dachten, alles wäre fertig vorbereitet, tatsächlich aber hatten sie viele Dinge vergessen, Kleinigkeiten, die für einen Umzug jedoch unabdingbar sind. Sie liefen hin und her, ständig irgendetwas in der Hand, stellten es auf einem Stuhl ab, vergaßen, wo, und es kostete sie eine Viertelstunde, bis sie es wiedergefunden hatten.

Sie hatten vollkommen den Kopf verloren; außerdem fehlte nur noch wenig Zeit bis zur Abfahrt, und Ginevra war noch immer nicht angekleidet.

Der Abschied am Bahnhof war kurz, hastig und dem Anschein nach kühl. Alle wollten die Sache nun hinter sich bringen, egal wie, einem Verurteilten gleich, der möglichst schnell hingerichtet werden möchte, um das Leiden vor dem Tod nicht unnötig in die Länge zu ziehen.

Als sich der Zug schwerfällig unter dem Bahnsteigdach in Bewegung setzte, schnaubend und zischend, glaubte Carlo zu sterben, und die arme Maddalena verspürte einen so schmerzhaften Stich im Herzen, dass sie ins Wanken geriet, während Giuseppe brummte: «Das haben wir jetzt davon, dass sie Lehrerin geworden ist.»

Maddalena beschleunigte ihren Schritt, den Kopf gesenkt, und lief nach Hause, gefolgt von Carlo, der nicht die Kraft hatte, zur Arbeit zu gehen, und deswegen den ganzen Tag auf Ginevras ungemachtem Bett saß, in diesem kalten, leeren Zimmer, das nach dem Auszug der Cousine das seine geworden war.

Zur gleichen Zeit empfand Ginevra – fortgetragen vom Dampf der Lokomotive, den Kopf an die Wand des Abteils gelehnt, in dem sie ganz allein saß – eine Art Wohlgefühl, und am liebsten wäre ihr gewesen, dass die Reise nie geendet hätte, dass der Rauch sie in weitentfernte Länder getragen hätte, unbekannt und fremdartig.

Die Sonne, die zum Fenster hereinschien und ihre Füße und Knie wärmte, sah sie als gutes Vorzeichen, und mit einem Mal überkam sie das große Bedürfnis, sich ihren Phantasien hinzugeben, wie damals, als sie fünfzehn und im ersten Ausbildungsjahr war und bisweilen die Pause allein im Klassenzimmer verbrachte, den Kopf gegen das Glas des großen Fensters gelehnt, und sich mit ihrem verrückten Köpfchen so viele leuchtende Schlösser erträumte, lauter schöne Dinge, heiter und strahlend wie Feenmärchen.

Ihre Zuversicht kehrte zurück, und die erträumten Wunschbilder rückten für kurze Zeit näher an die Realität heran. Vergessen waren erlittene Demütigungen und Enttäuschungen. Sie stellte sich vor, wie sie von ihren kleinen Schülern geliebt, von ihren Vorgesetzten geschätzt würde, schon bald würde man sie mit Lob und ermutigenden Worten überschütten, feierlich würde man sie in ihrer Heimat empfangen, zum Ausgleich für die strenge, abweisende Behandlung, die sie erfahren hatte; sie stellte sich vor, dass man sie nach einer kurzen Lehrzeit nach Rom versetzen würde, sie könnte zurück zu ihrer Familie, die Erwartungen der Mutter erfüllen und sie die letzten Jahre ihres beschwerlichen Daseins in ruhigem Wohlstand leben lassen.

Doch ihre Träumereien gingen noch weiter, denn in der Ferne, beinah am Ende eines klaren, durchsichtigen Horizonts, sah sie goldene Wolken und leuchtende Figuren aufflackern und blitzschnell wieder verschwinden.

Sie wusste selbst nicht, was an jenem mysteriösen Ort war oder was sie sich dort erhoffte, doch sie war sich sicher, dort lag das Glück, und endlich würde auch sie es erreichen.

Eine raue Stimme, die abgehackt die Ankunft in Frascati ankündigte, beförderte sie zurück in die Realität.

Ginevra nahm unter Mühen den schweren Koffer mit einer Hand, stieg aus dem Waggon, ging in Richtung Bahnhofsausgang und erkundigte sich bei einem Schaffner nach der Kutsche, die sie in das ihr zugeteilte Dörfchen bringen sollte.

Während sie wartete, bis das schlichte Fuhrwerk abfahrbereit war, ging sie in der Sonne spazieren, aß einige von den Plätzchen, die ihr der Cousin vor der Abreise noch gekauft hatte, und begann von neuem, Luftschlösser zu bauen, denn jener milde Herbsttag und die balsamische Luft, die sie atmete, hoben ihre Stimmung. Als sie dann aber in der unbequemen Kutsche saß, zusammen mit zwei Bauern, die Pfeife rauchten und über Geschäfte sprachen – wobei immer wieder derbe Ausdrücke und hässliche Flüche fielen –, als sie durch das Rütteln der Kutsche ihre Knochen schmerzhaft zu spüren bekam und die polternden Räder sie ganz benommen machten, als nach Sonnenuntergang die Luft kalt wurde, vergrub sich Ginevra tiefer in der grauen Stola, die sie um die Schultern geschlungen hatte, und sah, wie sich all die heiteren

Trugbilder, die ihr zuvor die Reise so vergnüglich gemacht und den Schmerz der Trennung gelindert hatten, eins nach dem anderen auflösten.

Der Qualm drohte sie zu ersticken.

Sie öffnete das Fenster der Kutsche, musste es aber sofort wieder schließen, denn die Luft war eisig geworden, außerdem brummten ihre Reisegefährten mürrisch vor sich hin.

Schüchtern erkundigte sie sich, ob es noch weit bis zum Dorf sei, und als einer der Bauern dies verneinte, tat sie einen Seufzer der Erleichterung. In der Tat erreichten sie eine gute halbe Stunde später – die Ginevra unendlich lang, so lang wie ein ganzer Tag vorkam – den Zielort, den sie allerdings nicht als solchen wahrnahm, denn nie hätte sie gedacht, dass diese klägliche Häuseransammlung die Bezeichnung *Dorf* verdiente.

Die Kutsche hielt vor einem Laden, in dem alles verkauft wurde, von Tabak bis Brot, von Anislikör bis zu Nahtbändern, von Pfeffer bis Schreibpapier, von Schreibfedern bis Salz, von Zucker bis Bonbons.

Die Ladenbesitzerin, die damit beschäftigt war, verschiedenste Waren, die ihr der Kutscher aus Frascati mitgebracht hatte, entgegenzunehmen, schenkte Ginevra keinerlei Beachtung; um zu erfahren, wo die Schule war, blieb ihr nichts anderes übrig, als das

Geschäft zu betreten und nach hinten durchzugehen, wo ein paar Tische standen, an denen der Arzt, der Apotheker, der Gemeindesekretär und noch zwei, drei Persönlichkeiten aus dem Dorf saßen, die einen guten Teil ihrer Abende damit zu verbringen pflegten, eine Runde Karten zu spielen oder mit immer denselben Leuten über immer dieselben Dinge zu tratschen.

Das Eintreten der Lehrerin sorgte für ein gewisses Aufsehen, und einen Moment lang saßen die Spieler mit den Karten in der Hand wie erstarrt da, um den Neuankömmling mit neugierigen Blicken zu mustern, die so erniedrigend wie kränkend waren.

Der Arzt war nicht ganz so ungehobelt wie die anderen und gab Ginevra, die fünfmal nach dem Weg zur Schule gefragt hatte, schließlich eine Antwort und bot ihr an, sie zu begleiten. Doch seine Mitspieler protestierten im Chor und meinten, der Laufbursche könne sie genauso gut dorthin bringen.

Die Schule lag am äußersten Ortsrand, im Haus einer alten Frau, die sich bereits schlafen gelegt hatte und eine gute Viertelstunde brauchte, bis sie sich endlich zum Öffnen bequemte.

Das gesamte untere Stockwerk bestand aus einem ziemlich großen Raum, der als Klassenzimmer diente, und einer kleinen Kammer für die Lehrerin.

Ginevra entließ den Jungen, der sie begleitet hatte, während die Alte vor Kälte erstarrt dastand und sie in einem fort ermahnte, nachts ja die Tür gut verschlossen zu halten und nie die Fenster zu öffnen, aus Angst vor bösen Überraschungen. Sie brachte ihr ein paar Laken, wartete, bis der neue Gast eine Kerze aus seinem Koffer geholt und angezündet hatte, dann wollte sie sich wieder hinlegen und sagte noch im Gehen, am nächsten Tag würden sie gemeinsam überprüfen, ob sie noch etwas bräuchte.

In dem Klassenzimmer standen vier Reihen Schulbänke, ein altes, verstaubtes Pult, außerdem gab es eine Landkarte und eine Tafel. An der großen Wand hingen ein rußgeschwärztes Kruzifix und ein Porträt des Königs.

Ginevra stellte die Kerze auf das Pult, setzte sich auf eine der Bänke und aß die wenigen Kekse auf, die noch übrig waren und ihren Hunger natürlich keineswegs stillen konnten, aber angesichts der späten Stunde und der kleinen Ortschaft musste sie sich damit begnügen.

«Hoffentlich kann ich wenigstens schlafen!», sagte sie laut zu sich selbst und betrat die Kammer, die von nun an ihr Zuhause sein sollte.

So sehr die Arme auch an die Dürftigkeit ihres Heims gewohnt war, so war sie doch schmerzlich überrascht, als sie das für sie bestimmte, klägliche Kämmerchen sah.

Die Ausstattung beschränkte sich auf ein Bett, das genug Platz für zwei geboten hätte, einen lackierten Tisch mit einem alten Gegenstand darauf, der vorgab, ein Spiegel zu sein, außerdem gab es zwei strohbespannte Stühle, und in die Wand waren drei oder vier Nägel geschlagen, die als Kleiderhaken dienen mussten.

Ginevra legte den Koffer auf einen Stuhl, überzog das Bett und entkleidete sich hastig, teils aus Müdigkeit, teils, um die Kerze auszublasen und nicht mehr die gelben, nackten Wände sehen zu müssen, die das Zimmer wie eine Gefängniszelle erscheinen ließen. Als sie sich hinlegen wollte, fielen ihr die Anweisungen der Alten wieder ein, und so ging sie noch einmal nachsehen, ob Tür und Fenster auch gut geschlossen waren, barfuß, zitternd und plötzlich von einer dummen, kindischen Angst erfüllt.

Sie blies die Kerze aus und vergrub den Kopf unter der Decke, aber sie konnte keinen Schlaf finden. Ihr war kalt, doch sie ängstigte sich zu sehr, um aus dem Bett zu steigen und sich etwas überzuwerfen. So zog sie ihre Beine an, sagte sich, wie töricht sie doch sei, versuchte sich ihre erste Unterrichtsstunde am nächsten Morgen vorzustellen, doch all das waren sinnlose

Bemühungen; immer und immer wieder drängten sich ihr beharrlich die Worte der Hauswirtin auf, sie erinnerte sich an all die grausigen Geschichten über Verbrechen, Mord und Totschlag, die sie erst kürzlich im *Messaggero* gelesen hatte, und vor lauter Angst und Kälte klapperten ihre Zähne.

Zur selben Zeit lag Maddalena in ihrem Bett und weinte leise. Carlo aber, der sich schlaflos hin und her wälzte, empfand trotz des scharfen, quälenden Schmerzes eine Art Trost, dass er zumindest in dem Bett liegen durfte, in dem Ginevra so viele Jahre lang geschlafen hatte.

3. Kapitel

Wer eine Zeitlang in einem kleinen Dorf gelebt hat, wird wissen, dass Bürgermeister und Pfarrer in ständigem Krieg miteinander liegen, vor allem dann – und das war in Ginevras Dorf der Fall –, wenn es sich bei beiden um höchst unduldsame Charaktere handelt.

Der Bürgermeister wollte seine Macht geltend machen, der Pfarrer seinen Einfluss. Der Bürgermeister machte den Pfarrer für boshaftes Geschwätz und sämtliche Störungen im Dorf verantwortlich, der Pfarrer wiederum warf ihm vor, der Hagel, der dauernde Regen und die magere Ernte seien die Strafe Gottes, weil das Dorf einen Bürgermeister zu verantworten habe, der es wagte, an der Kirche vorbeizugehen, ohne den Hut abzunehmen. Bei Ginevras Ankunft hatte die Feindschaft den Höhepunkt an Verbitterung erreicht, und das Mädchen, derart armseligen Eigensinn nicht gewohnt, wusste nicht, auf wessen Seite es sich schlagen sollte. So mancher riet ihr, den Gottesdienst nicht zu besuchen, um es sich nicht mit dem Bürgermeister zu verscherzen, manch anderer empfahl ihr, den Bürgermeister nicht aufzusuchen, denn damit könnte sie sich den Pfarrer zum heimlichen, gefürchteten Feind machen.

Trotz all diesen Geschwätzes ging sie am Sonntag zur Messe, und am Mittwoch – auf dem Land ein schulfreier Tag – stattete sie dem Bürgermeister pflichtbewusst einen Besuch ab.

Dieser war ein wohlhabender Grundbesitzer und wohnte mit seiner Frau in einer kleinen Villa, ungefähr einen halben Kilometer vom Dorf entfernt. Er war ein intelligenter, aber äußerst ignoranter Mann um die fünfzig, der für längere Zeit in Rom gelebt hatte, und während dieses Aufenthalts in der Hauptstadt hatte er eine freizügige Lebensweise, viele Laster, eine grenzenlose Verachtung seiner Mitbürger und eine hohe Meinung von sich selbst erworben.

Seine Gattin Geltrude war eine gute, unscheinbare Frau, die ihren Mann fürchtete und ihm immer gehorchte, ohne jede Widerrede.

Als Ginevra die Villa erreichte, saß Giacomo Pfeife rauchend in der Sonne und las den *Messaggero*.

Schon von weitem hatte er die junge Frau erblickt und geahnt, dass sie die neue Lehrerin war, doch er tat so, als hätte er sie nicht gesehen und wartete, bis das Mädchen vor ihm stand.

«Habe ich die Ehre, mit dem Herrn Bürgermeister zu sprechen?», fragte Ginevra schüchtern.

Giacomo, der allen Frauen gegenüber den Charmeur spielte, erhob sich mit übertriebener Eile, streckte der Lehrerin die Hand entgegen und bat sie ins Haus.

Der ach so brave Bürgermeister hatte genug von den stämmigen, drallen Bauersfrauen, derer er sich nach Lust und Laune bedienen konnte, überdies hatte er eine ausgesprochene Schwäche für schmale, zierliche Frauen, sodass die junge, ihm unterstellte Lehrerin sofort den angenehmsten Eindruck auf ihn machte.

Giacomo rief nicht nach seiner Gattin, sie habe viel zu tun, war seine Begründung; stattdessen verbrachte er fast zwei Stunden mit der jungen Frau, fragte sie tausend Dinge, führte sie in den Garten und pflückte ihr höchstpersönlich einen Blumenstrauß.

Ginevra war so viel Freundlichkeit nicht gewohnt, der Bürgermeister schien ihr ein wahrhaftiger Kavalier zu sein – vor allem im Vergleich zu den Leuten, mit denen sie sich seit acht Tagen abgeben musste –, und so fand sie ihn auf Anhieb sympathisch, plauderte mit ihm, hüpfte zwischen den Beeten herum, scherzte und lachte ausgelassen wie ein kleines Mädchen.

Nachdem sie sich voneinander verabschiedet hatten, dachte Ginevra, ein wirklich netter Mensch, der

Bürgermeister, und Giacomo sagte sich, sehr hübsch, die neue Lehrerin, mit ihrer schmalen Taille, den weißen Zähnen und der reinen, hohen Stimme, dem Zwitschern eines Vögelchens gleich.

Der Bürgermeister besuchte Ginevra nun häufig, in der Schule ließ er sämtliche Änderungen vornehmen, die sie ihm vorschlug, und oft schickte er ihr einen Korb mit Obst oder ein paar Blumen.

Ginevra war dem Bürgermeister sehr dankbar für so viel Aufmerksamkeit, und das sagte sie ihm auf eine so liebe Art, wie junge, herzliche Menschen gewöhnlich ihre Gefühle auszudrücken pflegen, wobei sie gar nicht auf die Idee kam, Giacomo könnte mit seinem Verhalten schlechte Absichten verfolgen, oder man könnte Anstoß nehmen an den harmlosen Nettigkeiten eines beinahe schon alten Mannes gegenüber einem so jungen Mädchen, fast noch einem Kind. Der Pfarrer aber hatte sich schon bei verschiedenen Anlässen über das Techtelmechtel, das der Bürgermeister mit der Lehrerin hatte, geäußert, auch über die Schande, die die beiden damit über seine rechtschaffenen Gemeindemitglieder brachten. Eines Sonntags, als er vom Altar aus – wie bei allen Messen auf dem Lande – eine Passage des Evangeliums erläuterte, machte er eindeutige Anspielungen auf die Sittenlosigkeit der beiden, sie würden großen Anstoß erregen, wo sie doch aufgrund ihrer Stellung vielmehr ein Muster an Tugend sein müssten.

Ginevra, die ebenfalls die Predigt hörte, verstand die Anspielungen nicht und richtete auch weiterhin ihren leuchtenden Blick auf das Gesicht des Redners. Für den Geistlichen war dies der beste Beweis dafür, dass die Lehrerin bereits jedes Gefühl von Scham verloren hatte und auch niemals Reue zeigen würde.

Die junge Frau, die nichts von den abscheulichen Verleumdungen gegen sie ahnte, führte ein sehr zurückgezogenes Leben und ging ohne große Begeisterung, aber mit größtmöglicher Sorgfalt ihren Pflichten nach.

Einziger Trost waren die Briefe, die der Cousin im Namen ihrer Eltern schrieb; einzige Zerstreuung boten die Besuche des Bürgermeisters, die ihr, ehrlich gesagt, etwas zu lang und etwas zu häufig vorkamen.

Um den Geburtstag des Königs festlich zu begehen, gab der Bürgermeister jedes Jahr ein Bankett, und nur wenige Auserwählte des Dorfes waren eingeladen. Der Pfarrer wurde keineswegs ausgeschlossen, und so schob er an jenem Tag allen Groll beiseite und gab sich während des Festmahls heiter und lächelnd, um am nächsten Tag sofort die Feindseligkeiten mit neuer und noch verbissenerer Energie wiederaufzunehmen.

Es war eine Art Waffenstillstand, den die Krieg führenden Gewalten des Dorfes zweimal im Jahr schlossen: am Geburtstag des Königs, an dem der Pfarrer im Hause des Bürgermeisters zu Mittag aß, und am Tag des Schutzpatrons, an dem der Bürgermeister im Hause des Pfarrers zu Mittag aß. Bei diesen Anlässen tauschten beide unzählige Höflichkeiten, und ihre gegenseitige Toleranz ging sogar so weit, dass sich Giacomo erhob, wenn Don Giovanni zu Beginn des Festmahls das *Benedicite* sprach, und dass umgekehrt Don Giovanni sein Glas in einem Zug leerte, wenn Giacomo beim Nachtisch auf König Umberto anstieß. Doch es wäre falsch zu glauben, dass die beiden dadurch meinten, dem anderen etwas schuldig zu sein – auch ritterliche Galanterie, die zwei feindliche Generale im Moment eines Waffenstillstands für gewöhnlich pflegen, verpflichtet sie in den Tagen der Schlacht keineswegs, sich gegenseitig zu verschonen.

Selbstredend war auch Ginevra zum berühmten Mittagessen eingeladen, und schon früh traf sie im Haus des Bürgermeisters ein, um bei den letzten Vorbereitungen zu helfen.

Giacomo gab den großen Kommandanten und Aufpasser, mit dieser Entschuldigung wich er nicht von Ginevras Rockzipfel. Die wiederum lief zwischen Küche und Esszimmer hin und her, nahm Geltrude

Teller und Gläser ab und platzierte sie ordentlich auf dem Tisch, und das auf eine so nette, unschuldige Art, dass man von ihr einfach entzückt sein musste.

An jenem Tag trug sie ein blaues Wollkleid, das wie angegossen saß und wunderbar zu ihren frischen rosigen Wangen passte. Eine große rote Geranie aus dem Garten des Bürgermeisters war am Gürtel des Kleides befestigt und hob sich fröhlich von dem dunklen Stoff ab – ja sie stand in geradezu keckem Gegensatz zum strengen Schnitt des dunklen Kleides.

Giacomo starrte sie unaufhörlich an, und ihn überkam eine unbändige Lust, diesen kleinen geschmeidigen Körper in seine Arme zu schließen.

Es war nicht Liebe, das versteht sich von selbst, sondern pures Begehren, das wegen des großen Altersunterschieds, der Zurückhaltung, die er sich selbst auferlegt hatte, und durch Ginevras Benehmen immer brennender wurde: Die arglose Unbekümmertheit ihrer achtzehn Jahre, zusammen mit ihrer angeborenen scheuen Reserviertheit übten eine geradezu berauschende Faszination auf ihn aus.

Nachdem alle Vorbereitungen getroffen waren, ging Geltrude nach oben, um ihr traditionelles schwarzes Seidenkleid anzuziehen. So blieben Giacomo und Ginevra allein zurück, warteten auf das Eintreffen der Gäste und plauderten: Ginevra sagte, sie habe noch nie zuvor Marengo-Münzen* gesehen. Giacomo, der schon seit langem eine in seiner Westentasche trug, zog sie heraus und zeigte sie ihr.

Nachdem Ginevra sie immer wieder in ihren Händen hin und her gedreht hatte, ließ sie sie zu Boden fallen, um das metallische Klirren zu hören, und als Giacomo sich bückte, um sie aufzuheben, stellte sie scherzhaft ihren Fuß darauf und sagte:

«Weg ist sie, verschwunden!»

Giacomo nahm das kleine Füßchen in seine Hand, drückte es so fest, dass er es beinah zerquetschte, und murmelte:

«Oh, wenn Sie wollten, könnte ich Ihnen noch etwas ganz anderes geben ...!»

Ginevra wurde purpurrot, in den Augen des Bürgermeisters sah sie etwas aufblitzen, das ihren Abscheu erregte, und sie ahnte etwas, was ihr bis zu jenem Zeitpunkt nicht im Entferntesten in den Sinn gekommen wäre.

Bald darauf trafen die geladenen Gäste ein, um zwei Uhr begab man sich schließlich zu Tisch, alle mit einem tüchtigen Hunger und voller lobender Worte

---

* In Turin um 1800 geprägte Goldmünze

für das Festmahl, das der Gastgeber ihnen aufgetischt hatte.

Beim Mittagsschmaus auf dem Lande wird viel gegessen und wenig geredet, da auf einen Gang sofort der nächste folgt, ohne jede Unterbrechung. Die Gläser füllen und leeren sich stetig, und inmitten des Klapperns aneinanderstoßender Teller und des Klirrens der Gläser hört man nur ab und zu einen Ausruf der Begeisterung, wenn ein neues Gericht serviert wird, ein paar schwache Proteste der Frauen, wenn der Tischnachbar ihnen eine zu große Portion auf den Teller häuft, den einen oder anderen derben Scherz, gefolgt von lautem, einhelligem Gelächter, dem sich irgendwann auch die anschließen, die ihn nicht verstanden haben.

Als schließlich Obst gebracht wurde, stand der Bürgermeister auf, erhob sein Glas und rief inbrünstig:

«Auf das Wohl des Königs!»

«Auf sein Wohl!», riefen alle, und aus den Gläsern schwappten beim Anstoßen Unmengen an Wein auf Tischtuch, Servietten, Teller und Kleider.

Ginevra führte das Glas zu ihren Lippen, stellte es dann aber noch fast voll wieder ab.

Während des Essens fühlte sie sich traurig, ihre schöne Heiterkeit war dahin, sie ahnte, schon bald würden sich die Sympathie und Fürsorge des Bürgermeisters in Hass und Verbitterung verwandeln. Sie aß kaum etwas, und die anderen Gäste unterstellten ihr, sie wolle sich damit nur besonders preziös geben oder interessant machen.

Um fünf Uhr endete das Essen, und Ginevra wollte unter allen Umständen nach Hause, doch genau in dem Moment, in dem sie sich ihre Stola über die Schultern warf, setzte ein Platzregen ein, der sich bald darauf in einen heftigen Schauer verwandelte.

Resigniert setzte auch sie sich an den Tisch, um Tombola zu spielen – ein traditioneller, höchst langweiliger Brauch bei Einladungen auf dem Lande. Gegen sieben hörte der Regen auf, doch mittlerweile war es draußen stockfinster geworden, und die Lehrerin konnte unmöglich allein nach Hause gehen.

Giacomo bot an, sie zu begleiten, was sie sogleich entschieden abwehrte, doch Geltrude insistierte so sehr, dass sich das Mädchen gezwungen sah, das Angebot anzunehmen, um durch eine hartnäckige und unbegreifliche Weigerung ja keinen Verdacht aufkommen zu lassen.

Als sie auf der Straße waren, bot ihr Giacomo seinen Arm an, schwieg aber den ganzen Weg über, sodass Ginevra schon hoffte, sie hätte sich getäuscht; als sie aber schließlich ihr Haus erreichten, trat Giacomo ein, zündete mit einem Streichholz eine Kerze an, blieb unbewegt stehen und starrte das junge Mädchen an, das erneut von Schrecken erfüllt war und wie Espenlaub zitterte.

«Ich bin Ihnen aufrichtig dankbar, Herr Bürgermeister, aber jetzt brauche ich nichts mehr ...»

Doch Giacomo setzte sich und tat so, als hätte er nicht begriffen, dass das Mädchen ihn gerade nach Hause schickte.

«Dann jage ich Ihnen also Angst ein, Ginevra! Dabei will ich Ihnen sicher nichts Böses!»

«Angst? Nein, wirklich nicht, das wäre ja, als hätte ich Angst vor meinem Vater!»

«Ich bin alt, ich weiß, aber hören Sie, Ginevra, ich kann nicht anders, Sie haben mich verzaubert!»

«Sie scherzen!»

«Oh, nein, ich scherze keineswegs!», rief er, immer bewegter und unfähig, sich zu beherrschen.

Der Vorfall am Vormittag, der Wein, der heiß in seinen Adern floss und seine Sinne leicht benommen machte, die Tatsache, dass er spät am Tag allein mit dem jungen Mädchen in diesem matterleuchteten Zimmer saß, bei Kerzenschein – all das versetzte ihn in Erregung und raubte ihm den Verstand.

Ginevra, starr vor Schreck, als sie den seltsamen Ausdruck in Giacomos Gesicht wahrnahm, wollte sich in ihrer Kammer einsperren, doch er ahnte ihr Vorhaben, versperrte ihr den Weg, hob sie hoch, federleicht wie sie war, und drückte sie an seine Brust.

«Lassen Sie mich los, lassen sie mich», flehte sie mit angsterstickter Stimme, doch er hörte sie gar nicht, so entflammt war er, stürmisch küsste er ihr Haar, ihren Hals, ihre Wangen. Selbst Ginevras Anstrengungen, sich zu befreien, stachelten ihn an und machten ihn ganz schwindelig.

«Liebste, meine Liebste», stieß er keuchend hervor, «hab Erbarmen mit mir, siehst du denn nicht, dass ich noch ganz verrückt werde?»

Mit der Kraft der Verzweiflung gelang es ihr schließlich, sich seinen Armen zu entwinden, und schnell wie der Blitz rannte sie in ihre Kammer und schloss sich dort in der Dunkelheit ein.

Giacomo eilte ihr nach, flehte sie an, rief ihr die süßesten Namen, die leidenschaftlichsten Worte zu, während ihr selbst die verriegelte Tür noch nicht sicher genug war und sie Tisch, Stühle, Koffer, alles, was sie zu fassen bekam, davorschob.

Die Alte, die einen Stock über ihr schlief, wurde von dem Lärm geweckt und rief in ihrem Bett liegend:

«Frau Lehrerin, was geht da vor?»

«Kommen Sie, bitte kommen Sie!», schrie Ginevra gellend und in der Hoffnung, das Auftauchen der Alten könnte den Bürgermeister dazu bewegen, endlich zu gehen.

In der Tat hatte sich Giacomo sogleich gefasst, aus Angst, er könnte in dieser hässlichen und lächerlichen Lage ertappt werden. Schnell huschte er hinaus, und als die Alte unten stand, war er bereits verschwunden.

«Heilige Jungfrau Maria, sagen Sie, was ist passiert?»

«Sind Sie allein?», fragte Ginevra, noch immer in ihrem Zimmer eingesperrt.

«Mit wem sollte ich denn hier sein?»

«Ist die Haustür gut verriegelt?», insistierte das Mädchen.

«Ja, sie ist verriegelt, aber sagen Sie mir wenigstens, was los ist!»

«Mir war, als hörte ich seltsame Geräusche, und da bekam ich es mit der Angst zu tun», gab Ginevra zurück, denn sie wollte nicht, dass die Frau von dem Geschehen erfuhr.

«Heilige Jungfrau, und wegen dieser Lappalie musste ich aufstehen!», murmelte die Alte und legte sich wieder schlafen.

Am nächsten Tag besaß Giacomo die Kühnheit, sie erneut aufzusuchen, doch Ginevra hatte nur den einen Wunsch, sich von ihm zu befreien und wies ihn brüsk zurück:

«Lassen Sie sich eins gesagt sein: Sollte sich der lächerliche Vorfall von gestern Abend noch einmal wiederholen, gehe ich zum Inspektor und erzähle ihm, dass Sie, als Bürgermeister und alter Mann obendrein, es wagen, ein wehrloses Mädchen zu belästigen, noch dazu eine Lehrerin, die Ihnen untersteht!»

«Ginevra!», rief er wutentbrannt.

«Für Sie immer noch Signorina, und jetzt gehen Sie und unterlassen Sie gefälligst Ihre Besuche!» Nach diesen Worten drehte sie sich um und ließ ihn stehen, bleich vor Zorn und wegen der harten Lektion, die sie ihm eben erteilt hatte.

Von diesem Tag an hatte das arme Mädchen alle gegen sich. Der Bürgermeister nahm vorsichtshalber sein positives Urteil über die Dorflehrerin wieder zurück, er hätte sich gründlich in ihr getäuscht, meinte er; der Pfarrer steigerte den Grad seiner Verleumdungen noch um ein Weiteres, und da der Arzt plötzlich die junge Frau verteidigte, gab es jemanden, der beteuerte, er hätte gesehen, wie jener nachts aus dem Haus der Lehrerin gekommen sei – ausgerechnet der Arzt, mit dem sie nie mehr als zehn Worte gewechselt hatte.

Sogar die Kinder in der Schule fühlten sich berechtigt, ihre Lehrerin von oben herab zu behandeln, und einmal, als Ginevra einen der älteren Schüler streng zurechtwies, da er ihr gegenüber eine respektlose, unverschämte Bemerkung gemacht hatte, erwiderte dieser, ohne eine Miene zu verziehen:

«Das hat meine Mutter auch gesagt.»

Das Leben war Ginevra unerträglich geworden. Abgesehen von den Stunden während des Unterrichts, war sie immer allein in ihrem Zimmer und las oder arbeitete, oft auch weinte sie. Die kleinen Feindseligkeiten und Sticheleien demütigten sie und raubten ihr allen Mut. Mit dem Ingrimm des Bürgermeisters hatte das Leben ihr eine bittere Lektion erteilt und gezeigt, dass Tugendhaftigkeit nicht ausreicht, um respektiert zu werden, und dass die Tugend einer Frau eine Schuld ist, die Männer ihnen nur schwerlich verzeihen.

Eines Donnerstags war Ginevra, wie immer, im Unterricht; mechanisch wiederholte sie wieder und wieder dieselben Dinge, während sie die Schüler sich selbst überließ, die sich ordentlich austobten. Sie war tieftraurig und fragte sich voll Entsetzen, ob sie ihre ganze Jugend zwischen diesen nackten gelben Wänden verbringen würde, bis sie verwelkte, ob sie ihr Dasein in diesem klatschsüchtigen Dorf fristen würde, und im Geiste gingen ihr Leopardis Verse durch den Kopf:

Hier verbringe ich die Jahre, verlassen, versteckt,
Lieblos und leblos, und werde zwangsläufig bitter
Unter dieser übelwollenden Menge.

Im selben Moment ging die Tür zur Straße auf, und Carlo trat ein. Als Ginevra ihn sah, stieß sie einen Freudenschrei aus, stürzte vom Pult auf ihn zu und bestürmte ihn aufgeregt mit tausend Fragen:

«Was machst du hier? Wie geht es Mutter? Und Vater? Bist du eben erst angekommen? Wie lange bleibst du?» Darüber vergaß sie ihre Schüler und schob ihn in ihre Kammer, während Carlo immer wieder ausrief:

«Ginevra! Oh, Ginevra, mein Cousinchen!»

Als sich die beiden wieder ein wenig beruhigt hatten, betrachtete Carlo Ginevra und stellte fest, wie sehr sie sich in diesen wenigen Monaten verändert hatte: Dünner war sie geworden und blasser, die Augen leer, das Lächeln so traurig.

Sie setzten sich auf die Bettkante und hielten sich an der Hand, aufgewühlt klagte Ginevra dem Cousin ihr Leid, nur den Vorfall mit dem Bürgermeister verschwieg sie.

Carlo bekam ungeheures Mitleid mit dem Mädchen, das er so sehr verehrte und das die anderen nicht verstanden, und bei dem Gedanken an die schreckliche Nachricht, die er ihr überbringen musste, tröstete er sie zunächst mit beruhigenden Worten, während sie – glücklich über den Besuch des Cousins, den sie wie einen Bruder liebte – ganz nah an ihn heranrückte und den Kopf an seine Schulter legte.

Ganz in ihr Gespräch vertieft, hatten sie gar nicht bemerkt, dass dem lauten, frechen Geschwatze der Schüler tiefe Stille gefolgt war, und nun sahen sie plötzlich den Bürgermeister und den Inspektor auf der Türschwelle stehen.

«Machen Sie nur weiter so, Signorina», sagte Letzterer mit ernster Stimme, «ich habe ja schon einiges über Sie gehört, aber dass es so weit kommen würde, hätte ich ehrlich gesagt nicht gedacht!»

«Er ist mein Cousin», stieß Ginevra stammelnd hervor, da sie begriffen hatte, wie missverständlich ihre Situation war.

«Und wenn es sich um Ihren Vater handeln würde! Während des Unterrichts hat Ihre ganze Aufmerksamkeit ausschließlich den Schülern zu gelten! Aber der Herr Bürgermeister hat mir ja schon einiges über Sie erzählt, da wundert mich gar nichts mehr!»

Ginevra warf Giacomo einen verächtlichen Blick zu, und einen Moment lang geriet sie in Versuchung, ihn zu demaskieren, dann allerdings dachte sie, man würde ihr ohnehin nicht glauben, und so antwortete sie lediglich:

«Da der Herr Bürgermeister mich sehr gut kennt, ist er mit Sicherheit besser als alle anderen in der Lage, mich zu beurteilen.»

Weil der Schulinspektor die Doppeldeutigkeit des

Satzes nicht verstand und dachte, die Lehrerin hätte ihm damit eine Lektion erteilen wollen, geriet er in unsägliche Wut.

«Sie vergessen wohl, dass Sie es hier mit einem Vorgesetzten zu tun haben! Und wenn eine Lehrerin ihre Schüler allein lässt, um sich mit einem Cousin ins Zimmer einzuschließen, dann sollte sie zumindest so vernünftig sein, sich die Vorwürfe gegen sie anzuhören, und zwar ohne Widerrede!»

«Ihr höherer Dienstgrad gibt Ihnen noch lange nicht das Recht, mich zu beleidigen», erwiderte Ginevra, die sich, überzeugt von ihrer Unschuld, besonders mutig zeigte.

Carlo, der bisher geschwiegen hatte, aus Angst, durch unüberlegte Äußerungen die Cousine zu kompromittieren, konnte sich nicht mehr beherrschen und wandte sich nun an den Inspektor, wobei er versuchte, möglichst ruhig zu bleiben:

«Um einen Menschen richtig zu beurteilen, braucht man zumindest Beweise.»

«Einen hab ich, und der reicht mir vollkommen!»

«Wenn die Sache so liegt, wird meine Cousine mit mir gehen, und zwar noch heute Abend.»

«Gut. Aber nicht sie ist es, die geht, sondern wir sind es, die sie entlassen!»

Aus Carlos Augen schlugen Flammen des Zorns,

schon wollte er etwas auf die harten Worte des Inspektors entgegnen, doch Ginevra hielt ihn zurück und sagte:

«Teilweise hat der Inspektor schon recht, und nicht er ist es, der Schuld an meinem Unglück hat. Der Aufenthalt in diesem Ort ist mir unerträglich geworden, und der heutige Vorfall hat nur das provoziert, was früher oder später ohnehin eintreffen musste.»

Giacomo saß wie auf glühenden Kohlen. Er fürchtete, Ginevra könnte alles ausplaudern, außerdem hatte er die Sache nicht auf die Spitze treiben wollen, da er insgeheim hoffte, er könnte Ginevra durch Arglist doch noch erobern, nachdem seine Schmeicheleien vergebliche Liebesmüh gewesen waren. Also sagte er in versöhnlichem Ton:

«Wir wollen nicht vorschnell handeln. Ihr Verhalten war zwar tadelnswert, doch der Herr Inspektor und ich wollen keineswegs Ihren Ruin, und vielleicht war Ihnen die heutige Lektion ja eine Lehre, und Sie bereuen Ihr Verhalten.»

«Ich werde mit Sicherheit nichts bereuen, aber ich danke Ihnen, Herr Bürgermeister», gab Ginevra ironisch zurück. «Wir sollten der Sache ein Ende machen, das wäre besser für uns alle!»

«Das glaube ich auch», schloss der Inspektor barsch, verschwand zusammen mit Giacomo und ließ Cousin und Cousine allein zurück, die nun alle Vorbereitungen für die Abreise trafen.

Ginevra war beinahe dankbar für den Vorfall. So würde sie nach Hause zurückkehren, den Vater wiedersehen, die Mutter umarmen, und das tröstete sie über alles andere hinweg.

Carlo dagegen war in tiefster Sorge.

Der Streit mit dem Beamten hatte ihn für einen Moment die traurige Nachricht vergessen lassen, die er Ginevra zu überbringen hatte; aber er musste ihr alles erzählen, nur wusste er nicht, welche Worte wählen, damit es nicht gar so entsetzlich klang.

«Warum bist du so ernst?», fragte Ginevra. «Man könnte meinen, es täte dir leid, mich von hier wegzubringen.»

Carlo senkte den Kopf, ohne eine Antwort zu geben.

«Was denkst du, wie Mama sich erst freuen wird! Das wird sie sicher nicht erwarten, arme Mama!»

«Die arme Mama ist ein bisschen krank ...», brachte Carlo stotternd hervor.

«Krank!», rief Ginevra, der mit einem Mal der Anlass des plötzlichen Besuchs ihres Cousins klargeworden war. «Sehr krank, nicht wahr?»

«Ja, sehr krank, meine arme Ginevra.»

«Carlo, Carlo!», schluchzte sie, fürchtend, die Wahrheit bereits zu ahnen. «Carlo, du hast mir noch nicht alles gesagt.»

Er schwieg.

«Was ist nun mit Mama?», dabei hob sie mit der Hand sein Kinn, das er auf seine Brust gepresst hatte.

Eine Sekunde lang sahen sie sich an, sie, mit weitaufgerissenen Augen, ängstlich fragend, er, die Augen voller Mitleid, die traurige Wahrheit bestätigend.

Obgleich Ginevra sehr wohl verstanden hatte, blieb sie einige Minuten wie gelähmt sitzen, sie fuhr sich ein paarmal über die Stirn, dann stieß sie einen gellenden Schrei aus, begann heftig zu schluchzen und murmelte zusammenhanglose Sätze vor sich hin, immer wieder nach der Mutter rufend, als könnte ihr Flehen sie wieder lebendig machen.

Der Cousin war nah an sie herangerückt, er hatte nicht den Mut, etwas zu sagen, und wartete, dass auf die Wucht des Schmerzes ein Moment der Ruhe folgte.

«Ginevra», brachte er schließlich hervor, «dein Vater erwartet dich, wollen wir abreisen?»

Sie nickte, ließ sich wie eine Puppe ziehen, das Taschentuch gegen die Augen gepresst, schwer auf den Arm des Cousins gestützt.

Die guten Dorfbewohner, längst über den Vorfall in der Schule informiert, kamen aus ihren Häusern, um zu sehen, wie die Lehrerin abreiste – alle waren überzeugt, dass diese mit ihrem Geliebten floh und aus lauter Scham ihr Gesicht im Taschentuch vergrub.

Mit solchen Maßstäben werden bisweilen Menschen und Dinge beurteilt.

4. Kapitel

Während der Fahrt in der Kutsche schien es, als hätte sich Ginevra ein wenig beruhigt, doch sobald sie im Zug saßen, brach sie wieder in heftiges Weinen aus und schluchzte:

«Hätte ich sie doch wenigstens noch ein letztes Mal sehen können!»

Da erzählte Carlo in aller Ausführlichkeit, wie sich alles zugetragen hatte.

Schon eine ganze Zeitlang hatte Maddalena ein Unwohlsein beklagt, das ihr den Schlaf raubte, den Appetit, ja sogar die Lust zu arbeiten, doch alle hatten ihre schlechte Verfassung auf die Trennung von der Tochter zurückgeführt, und so hatte man sich keine ernsthaften Sorgen gemacht, bis sie sich am vergangenen Samstag mit hohem Fieber ins Bett legen musste.

Der Arzt hatte geäußert, es sei nichts Ernstes, doch am folgenden Tag war das Fieber weiter gestiegen, und zwölf Stunden später war die Arme tot. Carlo fügte noch hinzu, man hätte alles versucht, um Maddalena zu retten, und eine Cousine hätte jede Minute liebevoll über sie gewacht; dieselbe hatte dann beschlossen, in dieser schweren Zeit bei Giuseppe zu bleiben, um den Haushalt zu besorgen.

Als sie zu Hause ankamen, warf sich Ginevra schluchzend in die Arme des Vaters, der ein paar Tränen weinte, bevor er lobende Worte über die Verstorbene sprach und schließlich vorschlug, etwas zu essen.

Ginevra rührte nichts an, und obwohl ganz in sich und ihren tiefen Schmerz versunken, bemerkte sie, mit welcher Selbstverständlichkeit Margherita – die Cousine – die Honneurs machte, und sie erinnerte sich dunkel an einen Jahre zurückliegenden, heftigen Streit zwischen dem Vater und der Mutter, der Margherita betroffen hatte. Ginevra ging zu Bett, und übermannt von Müdigkeit und erschöpft vom Kummer, schlief sie sofort ein, doch beim Aufwachen spürte sie umso heftiger den bitteren Schmerz, und sie weinte lange, dabei rief sie sich die letzten gemeinsamen Tage in dieser erbärmlichen Behausung wieder in Erinnerung, welche jedoch durch die Anwesenheit der Mutter heiter und schön gewesen waren. Sie musste an all die Wunschträume denken, die die arme Verstorbene immer gehegt hatte. Leise sprach sie vertraute Sätze der Mutter vor sich hin, sie schloss die Augen, um sie vor sich zu sehen, und sie konnte nicht glauben, dass sie wirklich tot war und sie sie niemals wiedersehen sollte.

Vom ersten Tag ihrer Rückkehr an war deutlich spürbar, dass man sie in diesem Hause als Fremde betrachtete. Margherita besorgte den Haushalt nach eigenen Vorstellungen, ohne sie auch nur im Geringsten zu beachten, und Giuseppe wurde sogar grob, als er erfuhr, dass Ginevra ihre Tätigkeit als Lehrerin nicht wiederaufnehmen durfte.

«Was willst du hier?», hatte er sie gefragt. «Glaub ja nicht, du könntest hier leben wie eine Signora, ohne einen Finger krumm zu machen!»

«Keine Sorge, Papa, Gott wird schon seine Pläne mit mir haben. Im Übrigen möchte auch ich schnell wieder weg, zu sehr schmerzt es mich, hier zu sein, wo Mutter gelebt hat, und mit ansehen zu müssen, dass alle sie längst vergessen haben.»

«Soll ich etwa bis an mein Lebensende wehklagen?», brummte Giuseppe und zuckte dabei mit den Schultern.

«Wenn man den ganzen Tag nichts zu tun hat ...», geiferte die Cousine hinterher.

Ginevra antwortete darauf nichts, sondern ging auf ihr Zimmer, um hemmungslos zu weinen.

Nach Maddalenas Tod war Carlo ausgezogen, nicht einmal zum Essen kam er, weil er es nicht ertragen konnte, mit anzusehen, wie Margherita die Oberhand gewonnen hatte und Ginevra gedemütigt wurde. Aber er besuchte das Mädchen jeden Abend, und sie verbrachten viele Stunden zusammen, sprachen über die Vergangenheit oder schmiedeten tausend Pläne für die Zukunft. Carlo verehrte seine Cousine, aber er fühlte sich so minderwertig, so klein neben ihr. Außerdem schien es sich bei ihrer Zuneigung eindeutig nur um Schwesternliebe zu handeln, sodass er es nicht wagte, sich ihr zu erklären, und sich darauf beschränkte, ihr sein Interesse dadurch zu zeigen, dass er sich ihren Ansichten anschloss und zum Arbeitsvermittler rannte, in der Hoffnung, irgendeine Anstellung für sie zu finden. Ständig gab er Auskünfte, bekam Auskünfte und wartete auf Antworten, die nie kamen oder falls doch, dann spät und in Form einer Absage.

Aber eines Abends konnte er Ginevra endlich die gute Nachricht überbringen, dass eine wohlhabende Familie aus Mailand eine Hauslehrerin für ihre Kinder suche.

Die Konditionen waren gut, die bei der Arbeitsvermittlung gemachten Angaben über Ginevras Alter, Lebenssituation und Berufsausbildung waren korrekt, es bestand also guter Grund zur Hoffnung.

In der Tat verhandelte man schnell per Brief, und

bereits eine Woche später war alles unter Dach und Fach.

Ginevras neue Herrschaften ersuchten sie, die Reise möglichst bald anzutreten, und da sie ihrerseits den starken Wunsch verspürte, dieses Haus, das nicht mehr das ihre war, zu verlassen, waren die Reisevorbereitungen schnell getroffen.

Am Morgen der Abreise brachten Carlo und Giuseppe sie zum Bahnhof, Ersterer zu Tode betrübt, doch mit fröhlichem Gesicht, um die Cousine nicht zu bekümmern, Letzterer nur dem Anschein nach traurig, in Wirklichkeit jedoch erleichtert über Ginevras Fortgehen, denn nie hätte sie sich mit Margherita verstanden, die er zu heiraten gedachte.

Auch dieses Mal genoss Ginevra die Reise. Der Gedanke, neue Dinge zu sehen, das stolze Gefühl, allein zurechtzukommen, die Hoffnung, sich der Familie, die auf sie wartete, nützlich zu erweisen und von dieser geschätzt zu werden, all das stimmte das Mädchen fröhlich und ließ es voller Zuversicht in die Zukunft blicken.

In Mailand angekommen, dachte Ginevra zunächst, jemand könnte am Bahnsteig stehen und auf sie warten, doch angesichts der späten Stunde wunderte sie sich nicht allzu sehr darüber, dass sie niemanden vorfand, und so nahm sie eine Kutsche und ließ sich zu einer bescheidenen Unterkunft fahren, um dort zu übernachten.

Am darauffolgenden Morgen machte sie sich gegen zehn Uhr auf den Weg, und nur dank der Hilfe verschiedener Leute fand sie die Adresse der Herrschaften, die in einem imposanten Gebäude ein stattliches Appartement bewohnten. Als der Bedienstete die Tür öffnete, blickte Ginevra voller Bewunderung in das Vorzimmer mit den Blumen, Pflanzen und all dem Nippes, die es wie einen prachtvollen Salon aussehen ließen.

Ginevra gab dem Bediensteten einen Zettel mit ihrem Namen und bat, ihn der Signora zu übergeben, doch wenige Minuten später kam der Diener zurück und sagte, die Hausherrin habe zwei Tage zuvor der Signorina bereits ein Telegramm geschickt, um ihr mitzuteilen, es habe sich schon eine andere Lehrerin gefunden.

Ginevra wurde bleich im Gesicht, sie glaubte, nicht recht verstanden zu haben, und ließ es sich noch einmal wiederholen.

«Aber ich habe kein Telegramm erhalten.»

Der Hausdiener zuckte nur mit den Achseln.

«Könnte ich nicht wenigstens mit der Signora sprechen?», fragte Ginevra flehend.

Den jungen Bediensteten, der ein guter Kerl war,

hatte der erschreckte Gesichtsausdruck des Mädchens tief berührt, und so beschloss er, Ginevras Bitte nachzukommen und die Signora zu fragen.

Die Hausherrin, die im Salon mit ihrem Mann gerade den Tee einnahm, antwortete ungeduldig, es sei bereits alles gesagt und dem sei auch nichts mehr hinzuzufügen, doch ihr Mann wies sie darauf hin, es wäre vielleicht besser, den wahren Grund zu nennen, um weitere Unannehmlichkeiten zu vermeiden, und so ließ man Ginevra eintreten.

Die zarte Figur, die elegante Schlichtheit ihres Kleides, ihr schüchterner und etwas verloren wirkender Ausdruck im Gesicht weckten beim Hausherrn sofort Gefühle der Sympathie, doch die Signora würdigte sie keines Blickes, und mit der kalten Höflichkeit, die Damen der Oberschicht gegenüber Personen von niedrigerem Stand oft an den Tag legen, sagte sie:

«Ich hätte Ihnen schmerzhafte Erklärungen gerne erspart, Signorina, aber da Sie es wünschen, will ich ehrlich zu Ihnen sein. Ich habe Informationen aus dem Dorf, in dem sie sich mehrere Monate aufgehalten haben, und die besagen nur Schlechtes über Sie.»

«Aber Signora, Sie haben doch geschrieben, alles sei abgemacht, und haben mich aufgefordert herzukommen.»

«Damals wusste ich noch nicht, was ich heute weiß!

Außerdem muss ich gestehen, etwas voreilig gehandelt zu haben, und es tut mir aufrichtig leid, wenn ich Ihnen damit Unannehmlichkeiten bereitet habe.»

Ihrem Ehemann erschien dieser letzte Satz doch recht ironisch und grausam, und als er Ginevra musterte und sah, wie arg das arme Mädchen litt, wandte er sich an seine Frau und fragte:

«Bist du sicher, dass die Informationen, die du über die Signorina erhalten hast, auch glaubhaft sind?»

«Sie sind reine Verleumdung!», rief Ginevra bestimmt. «Die reinste Verleumdung!»

Selbst wenn die Signora Mitleid mit Ginevra empfunden hätte – allein die Tatsache, dass ihr Mann die Lehrerin sympathisch fand, hätte ausgereicht, um sie unausstehlich zu finden, und so schloss sie trocken:

«Schon möglich, Signorina, aber leider habe ich bereits eine neue Lehrerin.»

Ginevra begriff, dass es keinen Sinn hatte, noch weiter zu bitten, sie verabschiedete sich mit einem Nicken und verließ mit gesenktem Kopf den Raum.

«Und ich könnte schwören, dass sie ein anständiges Mädchen ist!», sagte der Mann.

«Kann schon sein», erwiderte die Signora. «Mir jedenfalls gefällt sie ganz und gar nicht» – und sie dachten nicht weiter darüber nach.

Ginevra trat aus dem Haus und war zu Tode betrübt. Als sie die geschäftigen und fröhlichen Leute betrachtete, wurde ihr schmerzhaft bewusst, dass es in dieser großen Stadt, unter all den Menschen, keinen einzigen gab, an den sie sich in ihrer ausweglosen Situation hätte wenden können. Lange irrte sie ziellos durch die Stadt, dann aber nahm sie eine Kutsche und ließ sich in ihre Herberge fahren.

Sie konnte sich kaum auf den Beinen halten, als sie, den Kopf voll wirrer Gedanken, dort ankam. Schnell ging sie auf ihr Zimmer und sank in einen Sessel, um ganz nüchtern zu überlegen, was nun zu tun sei.

Sie holte das Geld aus dem Beutel – nichts als zwei Zehn-Lire-Scheine und ein paar Münzen waren ihr noch geblieben, das reichte nicht einmal, um nach Rom zurückzukehren. Doch dies war sowieso nur der allerletzte Ausweg, an den sie sich noch klammern konnte.

Nach Rom zurückkehren – warum?

Dem Cousin weitere Opfer abverlangen?

Erneut die Zurechtweisungen des Vaters und das ruppige Verhalten Margheritas ertragen?

Sie hatte nicht den Mut dazu, und selbst wenn sie es versucht hätte, wäre sie nur eine gewisse Zeit lang geduldet worden, dann wäre alles wieder von vorn losgegangen. An eine Stelle als Lehrerin war gar nicht mehr zu denken. Der Vorfall an jenem Morgen hatte eindeutig bewiesen, dass Bürgermeister und Inspektor ihr den Krieg erklärt hatten und bis zum Äußersten gehen würden.

Sie trat ans Fenster, und einen Moment lang geriet sie in Versuchung, sich hinauszustürzen, hinunter, auf die Straße, und dem Ganzen ein Ende zu setzen, doch sogleich wich sie wieder zurück und sagte laut zu sich:

«Nein, für so etwas ist immer noch Zeit. Ich werde kämpfen, bis zuletzt!»

Sie läutete, ließ sich das Mittagessen auf dem Zimmer servieren und erkundigte sich nach einer Agentur, die sie auch gleich nach dem Essen aufsuchte.

«Was für eine Stelle suchen Sie denn, Signorina?», fragte der Vermittler zuvorkommend – ein liebenswerter Herr um die vierzig, herzlich und vielleicht ein wenig geschwätzig.

«Eine Stelle als Kindermädchen, Gouvernante, Lehrerin, Dienstmädchen, ich nehme alles, Hauptsache, ich kann möglichst bald anfangen!»

«Lassen Sie mich auf der Liste nachsehen. Eine alte Dame sucht eine Gesellschafterin, ein Witwer eine Gouvernante für seine zwei Kinder. In beiden Fällen sind die Bedingungen ausgezeichnet, doch sie fordern möglichst viele Informationen und detaillierte Angaben zur Person.»

«Das kommt nicht in Frage!», entgegnete Ginevra schroff.

«Dann wäre hier ein Herr, ledig, ehemaliger Oberst, der eine junge, ansehnliche Gouvernante wünscht. Er wäre auch bereit, ein Auge zuzudrücken, was frühere Vorkommnisse angeht, aber ...»

«Und?»

«Ich möchte Ihnen nichts vormachen, mein Kind, aber ich habe bereits viermal jemanden dorthin geschickt, und die waren, zumindest dem Anschein nach, sicher nicht zimperlich, trotzdem haben alle innerhalb kurzer Zeit wieder gekündigt.»

Ginevra errötete, und mit der Hand gab sie ihm zu verstehen, auf der Liste fortzufahren.

«Mal seh'n, mal seh'n», sagte der Vermittler, wobei sein Blick beim folgenden Gesuch hängenblieb, das er ihr laut vorlas:

«Junggeselle sucht Hausangestellte. Kultiviertes Benehmen wird vorausgesetzt. Lohn nach Vereinbarung.» Darauf folgten Name und Anschrift.

Ginevra zögerte. Dienstmädchen im Haus eines Junggesellen schien ihr etwas zu heikel, daher bat sie den Vermittler nachzusehen, ob es nicht noch etwas anderes gäbe.

Nachdem er die ganze Liste durchgesehen und nichts gefunden hatte, versuchte er das Mädchen davon zu überzeugen, das anzunehmen, was das Schicksal ihr zu bieten hatte. Außerdem – wenn es die Lage erfordere, sei es nicht angebracht, sich groß zu zieren, meinte der Agent, und sollte es ihr tatsächlich nicht gefallen, stünde es ihr ja immer noch frei, jederzeit zu gehen.

Da Ginevra dringend irgendwo unterkommen musste und von den Worten des Agenten völlig benommen war, ließ sie sich schließlich überreden und sogleich zum Haus Signor Ercolanis führen, der ganz in der Nähe wohnte.

Ein Angestellter fortgeschrittenen Alters, der im Haushalt das Nötigste besorgte, öffnete ihnen die Tür und führte Ginevra und den Vermittler ins Arbeitszimmer des Hausherrn.

Rodolfo Ercolani war ein junger Mann um die fünfunddreißig, groß, elegant, eine etwas strenge Erscheinung mit durchdringendem Blick und ironischem Lächeln. Vom Leben kannte er bereits alles, er hatte alles gekostet, alles durchlitten, daher wurde er – trotz vieler Arbeit und noch viel mehr Vergnügungen – bisweilen vom tiefen Überdruss über alle und alles überfallen.

Er war kein schlechter Mensch.

Begeisterungsfähig, keineswegs nachtragend, konnte er heute über etwas lachen, was ihm gestern noch Tränen in die Augen getrieben hatte, und das ohne Zynismus oder Sentimentalität.

Immer brachte er zum Ausdruck, was er fühlte und was ihm wertvoll erschien, denn er besaß eine Künstlerseele, fein und empfindsam.

Rodolfo musterte Ginevra und fragte:

«Kommst du aus Mailand?»

«Nein, mein Herr, aus Rom.»

«Warum bist du dann hier?»

Der Vermittler eilte dem Mädchen sogleich zu Hilfe und, dreist wie er war, erfand er eine sehr bewegende Geschichte.

Ginevra wollte schon protestieren, doch dazu hatte sie gar keine Möglichkeit, denn der Vermittler schloss sein Plädoyer:

«Der Signore kann den Informationen, die ich habe, blind vertrauen (er kannte Ginevra seit kaum einer Stunde), und ich bin sicher, das Mädchen wird Ihnen eine glänzende Hausangestellte sein.»

Rodolfo glaubte den Aussagen des Agenten keineswegs, doch er war es müde, noch weitere neue Gesichter zu sehen, und so beschloss er, das Mädchen einzustellen, auch deshalb, weil es ihm nicht gerade hübsch erschien. In der Tat kannte sich Rodolfo nur allzu gut; nie hatte er es gewagt, ein hübsches Dienstmädchen zu beschäftigen, denn der junge Mann wusste sehr genau, wenn er eine schöne Frau vor sich sähe, würde es damit enden, dass er sich ihr unterwarf, anstatt ihr zu befehlen.

Nach einer kurzen Unterredung zwischen Rodolfo und dem Vermittler kam man überein, dass Ginevra gleich dableiben und der Agent ins Hotel gehen sollte, um ihr Gepäck zu holen.

Rodolfo rief nach dem Diener, wies ihn an, das Mädchen durch die Räume zu führen und die Abläufe zu erklären, dann zog er sich wieder zum Schreiben zurück.

Ginevra fühlte sich in dem eleganten Haus sofort wohl und machte sich am nächsten Morgen mit Eifer daran, Ordnung zu schaffen – was tatsächlich mehr als notwendig war.

Sie begann mit Rodolfos Zimmer, und als sie die große Unordnung sah, die dort herrschte, musste sie lächeln. Kämme, Haarbürsten, Bürstchen, Haarwachs, Pflegemittel für den Bart lagen wild verstreut auf dem Toilettentisch, während sich in der Kommode Handschuhe und Unterwäsche, Krawatten und Nachthemden, Kragen, Socken, Taschentücher, zerknüllte Zettelchen, verwelkte Blumen und Zigarrenstumpen häuften.

Ginevra räumte alles mit peinlicher Sorgfalt auf, legte Hosen und Mantel, die über einen Stuhl geworfen waren, zusammen, schloss das Fenster etwas weiter, schob behutsam die Vorhänge beiseite und staubte die Möbel ab, damit sie glänzten, als wären sie neu.

Nach seiner Rückkehr begab sich Rodolfo direkt ins Esszimmer, und als er sah, wie Ginevra gerade die Tischdecke ausbreitete, rief er grob:

«Was hast du den ganzen Vormittag gemacht, dass du erst um zwölf Uhr dazu kommst, den Tisch zu decken? Wenn ich nach Hause komme, wünsche ich, dass fertig aufgedeckt ist, merk dir das!»

Ginevra schwieg, und als Rodolfo sein Zimmer betrat, wurde ihm klar, dass das Mädchen keineswegs untätig gewesen war, und beinahe bereute er seine Vorwürfe.

5. Kapitel

Seit einem Monat stand Ginevra nun schon in Rodolfos Diensten, und obwohl er alles andere als nachsichtig war, hatte er dennoch nie Anlass, ihr auch nur das Geringste vorzuwerfen.

Sie lernte, all seine Wünsche zu erahnen und ihnen, noch bevor er sie formulierte, nachzukommen; sie tat das auf eine unangestrengte Art, nicht wie so manche, die ihre Mühen nach außen hin herunterspielen, im Grunde aber erwarten, dass man sie sehr wohl anerkennt.

Rodolfo war sehr zufrieden mit ihr, was er ihr jedoch weder sagte noch sie spüren ließ. Er mochte es, sie so heiter und bedachtsam, so zuvorkommend zu sehen, und vor allem mochte er es, wenn sie vor ihm stand, aufrecht, mit verschränkten Händen, den Kopf leicht nach rechts geneigt, die Augen weit geöffnet, und aufmerksam seinen Befehlen lauschte, dabei ab und zu mit dem Kopf nickend. Es bereitete ihm solche Freude, dass er ihr sogar manchmal mit strengem

Ausdruck im Gesicht unnütze oder bereits erteilte Befehle gab, nur um sie in dieser bescheidenen und braven Haltung zu sehen, die so schön mit dem zierlichen Körper und der freundlichen Erscheinung des Mädchens harmonierte.

Eines Morgens fiel Rodolfo ein, dass er in seiner Weste, die er am Tag zuvor getragen hatte, zwanzig Gold-Lire vergessen hatte.

Er nahm die Weste von der Garderobe, durchsuchte sorgfältig alle Taschen, konnte jedoch nichts finden. Da kam ihm der Verdacht, Ginevra könnte das Geld genommen haben. Also läutete er stürmisch nach seinem Hausdiener und befahl diesem, das Dienstmädchen zu holen. Nachdem sie über den Vorfall aufgeklärt worden war, erwiderte sie in ihrem ruhigen, höflichen Ton:

«Vielleicht hat der Herr sie ja verloren.»

«Nein, ich bin mir sicher, dass ich sie in der Tasche gelassen habe!»

«Wenn das so ist, finden wir sie sicher», antwortete Ginevra, die erst gar nicht auf die Idee kam, Rodolfo könnte wagen, sie in Verdacht zu haben.

Sie suchte überall, in allen Schubladen, sah auf dem Boden nach, unter jedem Möbelstück, doch vergeblich.

Rodolfo glaubte eine gewisse Nervosität bei dem sonst so ruhig wirkenden Mädchen zu bemerken, und da sich die Suche als ergebnislos herausstellte, verlor er die Geduld und sagte:

«Es ist sinnlos, noch weiter zu suchen. Vielleicht weißt du ohnehin, wo die zwanzig Lire sind!»

«Ich?», gab Ginevra zurück, die noch immer nicht verstand.

«Im Grunde ist es ganz einfach. In diesem Haus gibt es nur zwei Bedienstete, dich und Giovanni. Da ich ihn aber unter keinen Umständen verdächtigen kann, fällt der Verdacht auf dich.»

Ginevra errötete tief, gleich darauf wurde sie bleich. Alles, nur das nicht, nicht diese Beleidigung, die Rodolfo ihr da mitten ins Gesicht sagte!

«Dann hält mich der Herr also für eine Diebin?», fragte sie mit vor Schmerz und Wut zitternder Stimme.

«Personen, die sich die Sachen anderer Leute aneignen, habe ich immer so genannt. Du glaubst doch nicht etwa, dein Gräfinnen-Gehabe könnte mich beeindrucken. Rasch jetzt, geh! Und entweder du kommst dann mit zwanzig Lire in der Hand wieder, oder aber ich werde dich vor die Tür setzen, noch heute!»

Ginevra stand da, mit gerunzelter Stirn, auf eine Stuhllehne gestützt, und sagte nichts, während Rodolfo das Zimmer verließ und dabei die Tür geräuschvoll hinter sich schloss.

Er war bereits die Treppe nach unten gegangen, als plötzlich der Bote eines Buchhändlers vor ihm stand und ihm einige Bücher brachte, die er am Tag zuvor gekauft hatte. Da fiel ihm wieder ein, wie er die zwanzig Lire ausgegeben hatte. Bei dem Gedanken, das so gutherzige und aufrichtige Mädchen derart gekränkt zu haben, überfielen ihn starke Gewissensbisse. Er nahm die Bücher entgegen und ging wieder nach oben, um Ginevra die Sache zu erklären.

Er fand sie in ihrer kleinen Kammer, bitterlich weinend, und der Anblick ihres tränenüberströmten Gesichts ergriff ihn tief.

«Weine nicht, Ginevra, ich bin so vergesslich, ich habe nicht mehr daran gedacht, dass ich die zwanzig Lire längst ausgegeben habe.»

So sehr sich Ginevra auch bemühte, es gelang ihr nicht, ihren Tränen Einhalt zu gebieten, er wiederum hätte jeden erdenklichen Preis bezahlt, nur um sie wieder getröstet und heiter zu sehen.

«Ich bitte dich, mein Mädchen, hör auf, es bekümmert mich, dich so tief betroffen zu sehen», sagte Rodolfo mit fast flehender Stimme und streckte ihr in plötzlichem Überschwang beide Hände entgegen.

Ginevra, noch unter Tränen, doch nun lächelnd, gab ihm ihr kleines mageres Händchen, das er lange und kräftig drückte.

Dies war das erste Mal, dass Rodolfo Ginevras Kammer betrat.

Die Ordnung, die Sauberkeit, diese spezielle Eleganz, durch die sich anständige Frauen auszeichnen und die sie durch eine gefällige Anordnung der Gegenstände erreichen, durch ein stärkeres oder schwächeres Licht, lauter Kleinigkeiten, aus denen Frauen so viel machen können – all das machte einen starken Eindruck auf ihn.

Gerade wollte er etwas zu ihr sagen, als sein Blick auf ein altes Ölgemälde mit seinem Porträt fiel, das vor vielen Jahren entstanden und nun in dieses Zimmer verbannt worden war, da es nicht sehr geglückt war und kaum Ähnlichkeiten mit ihm aufwies. Das Bild hing an der Wand, verdeckt von Ginevras grauer Stola.

«Warum hast du das Bild zugehängt?»

Ginevra lächelte und senkte den Kopf.

«Mache ich dir jetzt auch schon auf einem Gemälde Angst? Du hast recht, ich bin nicht nett zu dir, aber das Bild hat damit nichts zu tun.»

«O nein, das ist es nicht!», rief Ginevra schamerfüllt.

«Warum also?»

«Weil es mich befangen machte. Es schien, als würde es mich ständig ansehen, und so habe ich es zugedeckt.»

In den Worten des Mädchens lag so viel Unschuld, und in diesem Moment war ihr Gesicht so anmutig, von tausend Emotionen beseelt, dass Rodolfo lebhaft versucht war, sie zu umarmen, sich jedoch zurückhielt und lediglich noch einmal ihre Hand drückte, bevor er sie verließ.

«Und er ist doch ein guter Mensch ...», sagte Ginevra, zum Fenster tretend, um ihm nachzuschauen, als er bereits auf der Straße war.

«Und sie ist doch ein hübsches Mädchen ...», sagte Rodolfo, den Blick nach oben gewandt, als hätte er geahnt, dass sie ihn vom Fenster aus beobachtete.

Beide lächelten sich zu. Er grüßte sie, indem er seinen Hut abnahm, sie zog sich, geschmeichelt und bewegt ob dieser höflichen Geste der Ehrerbietung, zurück.

Nach und nach spürte Rodolfo, dass die junge Hausangestellte eine unwiderstehliche Anziehungskraft auf ihn ausübte, und er wunderte sich, dass er sie anfangs für hässlich gehalten hatte. Immer wieder entdeckte er neue Qualitäten an ihr, die er einem Mädchen ihres Rangs nie zugeschrieben hätte. Eines Tages etwa überraschte er sie dabei, als sie, ohne ein bestimmtes Ziel vor Augen, ein paar Sätze niederschrieb. Er nahm ihr das Blatt Papier aus der Hand und war beeindruckt, als er diese klaren Gedanken las, verfasst in korrektem

Stil und eleganter Handschrift. Ein anderes Mal wollte er ihr einen kleinen Ring schenken, doch sie wies ihn auf solch anmutige Weise zurück, dass er erstaunt verharrte, das Schächtelchen in den Händen drehend, zögerlich und verwirrt, als stünde eine Königin vor ihm.

Er hatte sich vorgenommen, Ginevras Charakter zu studieren, doch passierte ihm genau das, was einem Kritiker, der ein Buch analysieren möchte, häufig passiert: Nach ein paar Seiten wird der Lesende vom Werk des Künstlers so in Bann gezogen, dass er sein Ziel aus den Augen verliert, da er sich voller Genuss den Gefühlen hingibt, die die Lektüre in ihm weckt.

Rodolfo erlag – ohne es zu wissen – der gleichen Faszination, die in diesem Falle von Ginevra ausging.

Er fühlte sich um Jahre jünger, war froh gelaunt, wenn er hörte, wie sie wie eine Gazelle durchs Haus sprang; er grübelte über sie nach, wenn er sie von Zimmer zu Zimmer gehen sah, ganz vertieft in ihre Verrichtungen. Eines Abends hatte er tränenfeuchte Augen, als Ginevra ihm voller Inbrunst ein mediokres Gedicht aus einer Zeitung vorlas, die er am gleichen Morgen bereits durchgeblättert hatte, ohne dem Gedicht auch nur die geringste Beachtung zu schenken.

Rodolfo hatte Ginevra schon des Öfteren aufgefordert, ihm ihre Geschichte zu erzählen, doch sie hatte sich immer gescheut und lediglich die ärmlichen Verhältnisse ihrer Familie, den Tod der Mutter oder die Ruppigkeit des Vaters erwähnt – ihre Tätigkeit als Lehrerin aber hatte sie verschwiegen, zu sehr fürchtete sie, Rodolfo könnte Nachforschungen anstellen, was nicht zu ihren Gunsten ausgehen und obendrein die Zuneigung, die er für sie empfand, schmälern könnte.

Zum damaligen Zeitpunkt schrieb Rodolfo gerade an einer Komödie in zwei Akten, die in Kürze aufgeführt werden sollte. Die meisten Abende verbrachte er somit zu Hause in seinem Arbeitszimmer, ruhig und glücklich in dem Wissen, dass Ginevra nebenan in ihrer Kammer war.

Geriet er bei einem Satz ins Stocken, erschien ihm eine Szene verdreht oder gar falsch, so rief er unter irgendeinem Vorwand nach ihr, denn er dachte – abergläubisch wie alle Verliebten –, ihre alleinige Anwesenheit wäre ausreichend, um seinen Geist zu schärfen und seinen Humor zu beflügeln.

Hielt er sich außerhalb des Hauses auf, überfiel ihn bisweilen der brennende Wunsch, sofort zu Ginevra zurückzukehren, getrieben von der ebenso albernen wie grundlosen Angst, sie könnte nicht mehr da sein, von einer inneren Unruhe, bis hin zu einer Sehnsucht, die er kaum beherrschen konnte. Er war verwirrt, konnte keinen klaren Gedanken fassen, und meistens endete es damit, dass er Gespräche unvermittelt abbrach, jedwede Arbeit stehenließ und sich rasch auf den Nachhauseweg machte.

Alles, was zuvor für Ablenkung gesorgt hatte, langweilte ihn nun. Die Abendessen, die sich nur aufgrund des Champagners oder einer willigen Schönheit als heiter erwiesen hatten, die lautstarken Zusammenkünfte, die eleganten Tanzbälle, nichts von alledem reizte ihn mehr.

Immer und überall schob sich zwischen ihn und den Rest der Welt die bescheidene, liebenswürdige Gestalt Ginevras, die ihn mit ihren sanften Augen ansah und ihm zulächelte, wobei ihre weißen, geraden Zähne sichtbar wurden. Dieses Bild verfolgte ihn, und er versuchte dagegen anzukämpfen, doch immer wenn er sich für einen Augenblick lang davon befreite, litt er, fast, als fehlte seinem Leben ein grundlegender Teil.

Ginevra ihrerseits wurde von jähen, wunderlichen Gefühlen überfallen, Lachen und Weinen wechselten in schneller Folge, oft übermannte sie eine Traurigkeit, die sie sich selbst nicht erklären konnte, doch nicht einmal gegen die lebhafteste Freude oder aufrichtigste Fröhlichkeit eingetauscht hätte.

Begierig las sie in den Zeitungen alles, was über Rodolfo berichtet wurde, der aufgrund der bevorstehenden Premiere seiner Komödie vorübergehend eine gewisse Popularität erlangt hatte.

Ein Blatt hatte Rodolfo fälschlicherweise unterstellt, er mache einer wunderschönen Schauspielerin, die die Hauptrolle in seinem Stück spielen sollte, den Hof.

Ginevra fühlte einen Stich im Herz, und ausgerechnet sie, die so gütig war und noch nie jemanden gehasst hatte, nicht einmal ihre Feinde, hegte ein ausgeprägtes Gefühl von Hass gegen diese Frau, die ihr ihrer Meinung nach alles Glück raubte.

In den Tagen vor der Uraufführung der Komödie sahen sie sich wenig, und fast hatte es den Anschein, als wäre ihr Verhältnis erkaltet. Rodolfo, sehr beschäftigt und voller Sorge um die Vorbereitungen und den Erfolg der Aufführung, Ginevra gequält von Eifersucht, die ihr Tag für Tag unerträglicher wurde.

Die Komödie wurde eines Samstagabends uraufgeführt, und der junge Autor des Stücks konnte einen großen Triumph feiern.

Nachdem ihn das Publikum mit seinem Applaus zum zehnten und letzten Mal auf die Bühne geholt hatte, lud er die ganze Truppe für den folgenden Tag zu sich nach Hause zum Abendessen ein, entzog sich dann den Glückwünschen seiner Freunde, um Ginevra endlich an seinem Erfolg teilhaben zu lassen.

Sie war noch wach, blasser und aufgeregter, als er selbst es während der Aufführung gewesen war; in ergreifender Art und Weise beschrieb er ihr die Ovationen, die er erhalten hatte. Mit klopfendem Herzen lauschte sie seinen Worten, doch als Rodolfo die Hauptdarstellerin, die mit Bravour und Feingefühl die schwierige Rolle gespielt hatte, zu loben begann, krampfte sich Ginevras Herz zusammen, und sie zog sich augenblicklich zurück, nachdem sie höchst förmlich Rodolfo gefragt hatte, ob er noch etwas wünsche.

Der nächste Tag war ganz den Vorbereitungen des Abendessens gewidmet, das nach der Aufführung stattfinden sollte. Ginevra war aufgeregt, geradezu fiebrig. Der Gedanke, zusehen zu müssen, wie Rodolfos ganze Aufmerksamkeit sicherlich der glücklichen Rivalin gelten würde, ließ ihr keine Ruhe, und als sie erfuhr, dass Rodolfo einen wunderschönen Blumenstrauß bestellt hatte, um ihn der Hauptdarstellerin zu schenken, musste Ginevra ihren ganzen Stolz als Frau aufbringen, um nicht in lautes Schluchzen auszubrechen.

«Mach dich hübsch», sagte er ihr, als er sich auf den Weg ins Theater machte.

Ginevra war zunächst verärgert – nicht einmal das Kleid würde sie wechseln! –, doch weibliche Eitelkeit und noch mehr der geheime Wunsch, gegen die Rivalin zu kämpfen, trieben sie schließlich dazu, Rodolfos Rat zu folgen und jede Mühe auf ihre Abendgarderobe zu verwenden.

Sie trug ihr blaues Kleid, kaum benutzt und daher

wie neu, und flocht ihr wunderschönes Haar zu zwei dicken Zöpfen, die ihr hübsch über die Schultern fielen – sie schmückte sich, wie eine Königin sich mit einer Krone und eine Millionenerbin mit ihren Brillanten schmückt.

Rodolfo traf noch vor den anderen ein, und wie er sie vor sich stehen sah, so verführerisch, war er hellauf entzückt. «Mein kleines kokettes Mädchen, sieh mal, wie hübsch du bist!», rief er, dabei führte er sie vor einen Spiegel, hob mit einer Hand die schweren Zöpfe, streifte sie leicht über sein Gesicht, als wollte er den zarten Duft nach Heliotrop atmen, der immer von ihrem Haar ausging.

Ginevra errötete vor Glück, und Rodolfo, von Leidenschaft gepackt, wollte schon seine Arme um sie schlingen, als ein stürmisches Klingeln ertönte.

Es waren die Gäste, die alle auf einmal eintrafen und auf einen Schlag das Haus mit lautem Getöse und Leben füllten.

Die Damen, allesamt hell gekleidet, voller Bändchen und Blümchen, legten eilig ihre Mäntel ab und umringten schwatzend Rodolfo.

Das Mahl stand bereit, und mit großem Appetit, wie er für Künstler sprichwörtlich ist, begab man sich zu Tisch.

Bei der Hauptdarstellerin handelte es sich um eine

Witwe, ungefähr dreißig Jahre alt, sehr hübsch und vor allem kokett – jene Koketterie, fein und zugleich gefährlich, wie sie fast allen Künstlerinnen eigen ist. Rodolfo hatte es jedoch bei einer förmlichen Geste belassen, gar zu förmlich für den Geschmack und die Hoffnungen der Schauspielerin, die das glorreiche Ziel verfolgte, sich den Theaterautor zum Sklaven zu machen, damit sie zur alleinigen Interpretin seiner zukünftigen Werke würde.

Ercolani, der seine Pflichten als Gastgeber sehr genau kannte, überhäufte die Signora mit tausend kleinen Aufmerksamkeiten, während sich Ginevra auf ihr Zimmer zurückgezogen hatte und vor Wut und Eifersucht weinte; sie, die so gewissenhaft und eifrig war, hatte ihre Aufgaben dem alten Hausangestellten und den zwei Kellnern aus dem Café, in dem man das Abendessen bestellt hatte, übertragen.

Immer wieder hielt Rodolfo Ausschau nach ihr, doch sich zu entfernen wagte er nicht, aus Angst, er könnte beobachtet werden und sich der Lächerlichkeit preisgeben.

Nachdem man fertig gespeist hatte, schlugen einige vom Champagner beflügelte Gäste vor, das Tanzbein zu schwingen, und der Vorschlag wurde begeistert aufgenommen.

So begaben sich alle in den Salon, schoben die Sessel beiseite, brachten die «erste Liebhaberin» dazu, sich ans Klavier zu setzen, und begannen zu tanzen.

Der Theaterdirektor, der Rodolfos Unruhe längst bemerkt und den Grund dafür auch schon erahnt hatte, rief:

«Es fehlt eine Tänzerin! Rodolfo, warum fragst du nicht dein Zimmermädchen? Sie ist ein so reizendes Mädchen!»

Rodolfo hätte den Theaterdirektor am liebsten umarmt, doch er konnte sich gerade noch zurückhalten und sagte lediglich, den Damen zugewandt:

«Ich weiß nicht, ob Sie es gestatten mögen ...»

«Aber natürlich», versicherten sie im Chor, mit Ausnahme der Hauptdarstellerin, doch Rodolfo tat so, als hätte er dieses Veto nicht bemerkt, ging zu Ginevra und zog sie in den Salon.

Alle wetteiferten in der Bemühung, mit dem bezaubernden Dienstmädchen zu tanzen, doch mit einem Lächeln auf dem Gesicht machte Rodolfo sein Recht als Hausherr geltend. Ginevra fühlte sich einer Ohnmacht nahe, als sie spürte, wie Rodolfo mit seinem Arm ihre Taille umfasste; wie eine Feder wirbelte er sie herum, und nach ein paar Umdrehungen musste sie die Augen schließen und ihren Kopf auf die Brust des Tanzpartners legen, weil sich um sie herum alles zu drehen schien. Rodolfo bemerkte es, drückte sie fester an sich, und in einer behutsamen Wendung führte er sie in eine ruhige Ecke, wo ein freier Sessel stand.

Um drei Uhr morgens schließlich drängten die Gäste nach Hause, und die Hauptdarstellerin trat zu Rodolfo und sagte mit schroffer Stimme:

«Ich hoffe doch sehr, dass Sie mich nach Hause geleiten, zu dieser späten Stunde kann ich unmöglich allein gehen!»

Rodolfo verbeugte sich, während Ginevra erbleichte – sicher hatte die Schauspielerin das nur gesagt, um ihr wehzutun!

Als alle gegangen waren, legte sich Ginevra schlafen, in der Gewissheit, kein Auge zu schließen, so sehr wurde sie von der Befürchtung gequält, Rodolfo könnte lange bei der Schauspielerin verweilen. Doch ihre Zweifel waren rasch verflogen, denn kaum eine halbe Stunde später hörte sie ihn schon das Haus betreten. Sie löschte das Licht, damit Rodolfo nicht bemerkte, dass sie noch wach war, und mit Inbrunst dankte sie Gott, als hätte Rodolfos Heimkehr sie ins Leben zurückgebracht.

Am folgenden Morgen verließ Rodolfo das Haus zu so ungewöhnlich früher Stunde, dass er nicht einmal Ginevra begegnete. Er führte einen letzten Krieg zwischen der Leidenschaft, die ihn übermannt hatte, wagemutig und siegessicher, und dem Verstand, der kraftlos und bangend versuchte zu widerstehen. Schon die wenigen Umdrehungen beim Walzer mit Ginevra hatten in ihm ein Fieber entfacht. Ihm war, als hielte er noch immer diesen zierlichen Körper in seinen Armen, der wie eine verängstigte Taube zitterte; noch immer sah er das Mädchen vor sich, den Kopf nach hinten geworfen, mit flatternden Augenlidern, wie geblendet von seinem Anblick. Ihm war, als dufteten seine Kleider, die Handschuhe, das Taschentuch noch immer leicht nach Heliotrop – dem Duft, den sie immer verwendete. Auch wenn er sich einredete, er sei verrückt und töricht, und er versuchte, Bilder anderer Frauen vor sich aufleben zu lassen, so tauchte doch Ginevras Gestalt immer wieder triumphierend auf, raubte ihm jede Spur von Widerstand, löschte alle Bilder, die nichts mit ihrer Leidenschaft gemein hatten.

Nachdem er zwei gute Stunden lang ziellos umhergestreift war, kehrte er nach Hause zurück, von einer Kraft getrieben, die stärker als sein Wille war.

Ginevra war eben damit fertig geworden, das Zimmer ihres Herrn in Ordnung zu bringen, nun stand sie in aufrechter Haltung vor dem Spiegel und zupfte gedankenverloren an ihren Haaren herum.

Plötzlich sah sie Rodolfos Gestalt im Spiegel, und

als sie sich umdrehte, stieß sie einen kleinen Schrei aus, aus Freude oder vor Schreck.

«Ginevra», sagte Rodolfo, wobei seine Stimme vor Liebe bebte. «Ginevra, mein Mädchen!» Er nahm ihren Kopf zwischen seine Hände, drückte seine Lippen auf die ihren und küsste sie lange.

«Rodolfo», brachte sie in einem leisen Seufzer hervor, doch es klang mehr wie ein Stöhnen, dann sank sie in seine Arme, überwältigt und entzückt, ohne den geringsten Widerstand zu leisten.

«Du sollst mein sein, immer mein, ganz mein!», hatte er ihr wieder und wieder gesagt, bevor er sie gehen ließ und noch einmal auf ihr Haar küsste, während Ginevra ruhig geblieben war, ihn angelächelt hatte, an Rodolfos Treue glaubend wie an Gottes Allmacht.

6. Kapitel

Die Zeit verging wie im Fluge für die zwei Liebenden, die nichts und niemanden um sich herum wahrnahmen, als lebten sie auf einer Insel.

Sonntags unternahmen sie Ausflüge aufs Land, sie vergnügten sich, ausgelassen und unbeschwert wie zwei Schüler in den Ferien, mal jagten sie einander gegenseitig, mal schmollten sie, um sogleich wieder unter langen, heißen Küssen einen Friedenspakt zu schließen, mal tauschten sie unzählige jener entzückenden Phrasen oder wirren Sätze, wie sie Verliebten zu eigen sind und die dem, der sie hört, lächerlich erscheinen, doch dem, der sie ausspricht, wie ein Gedicht klingen.

Mit einem Lachen auf den Lippen sagte Ginevra ständig, seit zwei Monaten sei der Himmel blau, auch wenn es regnete, und sie sah die Sonne, auch wenn sie von Wolken verdeckt war. Rodolfo nannte sie eine liebenswerte kleine Närrin, und immer tat oder dachte er das, was ihr gefallen könnte.

Über die Zukunft hatten sie nicht mehr gesprochen; Rodolfo vermied tunlichst jede Anspielung auf sein Versprechen, das er ihr in der ersten Zeit ihrer Liebe gegeben hatte, und Ginevra ihrerseits wagte es nicht, ihn darauf anzusprechen, aus Angst, schon ein einziges Wort könnte den Zauber ihres Glücks zerstören.

Seit einiger Zeit aber war sie unruhig, und dem anfänglich kühnen Gefühl der Sicherheit folgte ein immer stärker werdender, quälender Zweifel.

Rodolfo war ihr gegenüber zwar nach wie vor zärtlich und leidenschaftlich, dennoch spürte sie eine unheilvolle Vorahnung auf sich lasten, und ihr war, als sei ein eisiger Windstoß zwischen sie und Rodolfo gefahren, der die Gefühlswallungen der ersten Tage erstarren und die Verzückungen weniger spontan, weniger innig werden ließ.

Eines Sonntagmorgens nahm Rodolfo Ginevra beiseite und bat sie, sich auf seine Knie zu setzen.

«Ich muss mit dir über ein paar wichtige Dinge sprechen», sagte er sichtlich verlegen, während Ginevra die Augen halbgeschlossen hielt und sich vom Klang seiner Worte streicheln ließ, ohne auf deren Sinn zu achten.

«Ginevra, hörst du mir zu?»

«Sprich, Rodolfo, sprich!», dabei streifte sie spielerisch mit ihrer Wange die seine.

«Es wird höchste Zeit, dass ich heirate.»

Ginevra blickte Rodolfo strahlend an und lächelte.

«Es wird allerhöchste Zeit, mein kleines Mädchen», fuhr er fort, nicht ahnend, dass Ginevra ihn missverstanden hatte, «es ist an der Zeit, und du weißt, wie sehr mich dies schmerzt, doch in meinem Alter muss man Vernunft annehmen, und außerdem, Ginevra, außerdem muss ich dir gestehen, dass ich finanziell ziemlich ruiniert bin, und nur eine vernünftige Mitgift kann mich wieder auf die Beine bringen.»

Ginevra sprang auf, und mit eisiger Stimme sagte sie: «Gut, dann werde ich noch heute gehen.»

Verdutzt blieb er zurück. Er hatte Tränen erwartet, dramatische Szenen, rasende Wut, doch aus Ginevras Mund kam kein Wort des Vorwurfs, sie war lediglich kreideweiß geworden, die Lippen bleich und bebend.

«Warum sagst du denn nichts, Ginevra?», insistierte Rodolfo, nahm sie in seine Arme, küsste sie, streichelte sie, während sie alles mit sich geschehen ließ, passiv und gefühllos wie eine Statue.

«Ich muss zur Messe», sagte sie schließlich mit veränderter Stimme, sich aus Rodolfos Umarmung windend.

«Gut, ich gehe auch aus, um zwei bin ich zurück. Dann reden wir über deine Zukunft. Ich werde überlegen, was ich für dich tun kann, damit du siehst, dass ich kein undankbarer Mensch bin.» Mit diesen Worten verließ er den Raum, denn er konnte sich dem stummen Schmerz der armen Betrogenen nicht mehr länger verschließen.

Kaum war Ginevra allein, packte sie schnell ihre Sachen in den Koffer, legte die Uhr, die Rodolfo ihr geschenkt hatte, auf seinen Schreibtisch und schrieb auf einen Zettel:

«Ich gehe, ohne mich von dir zu verabschieden, um dir die Unannehmlichkeit und mir den Schmerz der Trennung zu ersparen. Du hast mir zwei Monate des Glücks geschenkt, und dafür möchte ich dir danken. Nun brichst du mir das Herz, und ich verzeihe dir. Lebe glücklich!»

Sie trug allein den Koffer die Treppen hinunter, stieg in eine Kutsche und ließ sich zu dem Arbeitsvermittler fahren, der ihr die Stelle bei Rodolfo beschafft hatte.

Als dieser nach Hause kam und sah, dass Ginevra fortgegangen war, spürte er einen tiefen Schmerz. Das Haus kam ihm kalt und leer vor, ihm war, als stünde dort ein Sarg, der es noch trister machte, und als er den knappen, bewegenden Brief des Mädchens las, liefen ihm ein paar dicke Tränen über die Wangen. Eine ganze Weile dachte er an Ginevra, grübelte, wo sie wohl sein mochte, fasste den Entschluss, sie zu suchen, und mit diesem Ziel vor Augen verließ er das

Haus. Dann allerdings traf er ein paar Freunde, lustige Gesellen, die ihn ablenkten und ihn bis tief in die Nacht aufhielten.

Zu Hause angekommen, war er ruhiger, und während er sich auskleidete, dachte er:

«Vielleicht ist es besser so! Wenn das Kätzchen schlau insistiert hätte, hätte ich womöglich noch meine Hochzeit abgesagt, und das wäre gar nicht klug gewesen! Doch so schnell werde ich sie nicht vergessen, das weiß ich jetzt schon, sie war so bezaubernd!»

Nach dieser Trauerrede schlief er ein, und nach zwei Wochen war Ginevra so gut wie vergessen, und wenn Rodolfo bisweilen doch an sie dachte, dann so, als handelte es sich um ein weit zurückliegendes, von der Zeit verstaubtes Abenteuer.

Ginevra war völlig verstört zu ihrem Arbeitsvermittler gegangen und hatte berichtet, Rodolfo gedenke sich zu vermählen, von daher sei es nicht angebracht, noch länger in dem Haus zu bleiben.

Der Agent hatte sofort begriffen, wie die Dinge standen, und wie er das bedrückte Mädchen so vor sich sah, überkam ihn großes Mitleid, und das umso mehr, weil er in gewisser Weise ja eine Mitschuld daran trug, dass Ginevra sich jetzt in dieser unglücklichen Situation befand. Er tröstete sie mit den Worten, er würde sie ganz bestimmt anderweitig und vor allem besser unterbringen, darüber hinaus schlug er ihr vor, sie zwischenzeitlich in seiner bescheidenen Wohnung aufzunehmen, in der er mit seiner Schwester Maria lebte, die erst kürzlich Witwe geworden war.

Voller Dankbarkeit nahm Ginevra die Einladung an, er führte sie zu seiner Wohnung und stellte sie der Schwester vor, einer gutherzigen, frommen Frau, die durch den Tod ihres so sehr verehrten Mannes sanfter geworden war.

Kaum war Ginevra mit ihrer Gastgeberin allein, brach sie in heftiges Schluchzen aus, unfähig, sich noch länger zurückzuhalten.

«Warum so verzweifelt, mein Kind, was ist passiert?», fragte die Frau voller Fürsorge, und Ginevra – teils gerührt von der liebevollen Art Marias, teils von dem sehnlichen Wunsch gedrängt, ihren quälenden Schmerz irgendwie zu lindern – erzählte mit aufgeregten Worten von ihren anfänglichen Wunschträumen und von der bitteren Enttäuschung, die sie nun hatte erleiden müssen.

Maria hörte betroffen zu, und da sie keine tröstenden Worte finden konnte, streichelte sie sie wie ein kleines Kind.

Sie bemerkte, dass die Stirn der Ärmsten glühte, die Lippen waren trocken, die Augen glänzten fiebrig, und sie ahnte schon, die zierliche Gestalt des Mädchens würde einem solch harten, unerwarteten Schlag nicht standhalten können.

Sie riet ihr, sich hinzulegen, machte ihr mit mütterlicher Fürsorge das Bett, und nachdem sie Ginevra zärtlich auf die Stirn geküsst hatte, ließ sie sie allein, hoffend, ein gesunder Schlaf würde sich als heilsam erweisen.

Und tatsächlich fiel Ginevra in einen tiefen Schlaf und wachte erst viele Stunden später, von einem quälenden Durst geweckt, wieder auf.

Sie versuchte, sich an die Geschehnisse zu erinnern, was ihr nur schwer gelang, denn ihr Kopf war voll wirrer Gedanken, ein permanentes, dumpfes Summen in ihren Ohren quälte sie, und ihre Schläfen hämmerten unaufhörlich, als hätte ihr jemand auf den Kopf geschlagen. Zwei-, dreimal rief sie nach Rodolfo, danach fiel sie in eine Art Lethargie, und als Maria die kleine Kammer betrat, hatte das Mädchen bereits starkes Fieber.

Man rief einen Arzt, der fiebersenkende Mittel verschrieb, gleichzeitig jedoch ahnte, dass das Fieber im Lauf des Tages noch steigen würde. Das bewahrheitete sich, und abends war Ginevra vom Fieberwahn gepackt und durchlebte noch einmal sämtliche Ereignisse ihres bitteren Lebens:

Mal war sie wieder die Lehrerin, die mit sanfter Geduld ihre Schüler ermahnte; mal waren ihre Worte an die Mutter gerichtet, als stünde die arme Maddalena leibhaftig und lebendig vor ihr; mal rief sie Rodolfo mit den zärtlichsten, süßesten Namen und öffnete ihre Arme, als wollte sie ihn an ihre Brust drücken.

Der Arbeitsvermittler hätte am liebsten Ercolani verständigt, doch die Schwester verbot es ihm mit dem Hinweis, dies hätte nur noch schlimmere Folgen.

Am Morgen des dritten Tages ließ das Fieber nach, und als Ginevra bewusst wurde, wie ernst ihr Zustand war, fragte sie ihre Gastgeber, ob sie dem Cousin telegraphieren und ihn bitten könnten, sofort nach Mailand zu kommen.

Sie stand tief in der Schuld des armen Carlo, doch in dem Moment dachte sie nicht daran, so wie auch er nicht daran dachte, als er das Telegramm bekam.

Er erbat sich bei seinem Vorgesetzten ein paar Tage Urlaub, packte eine hübsche Summe Geld ein und nahm den ersten Zug, ohne Ginevras Vater über die Vorkommnisse zu informieren.

Als er die Kammer des Mädchens betrat, war es bereits außer Gefahr und empfing Carlo mit offenen Armen, schenkte ihm dieses süße, liebenswürdige Lächeln, das den bedauernswerten Cousin so tief in der Seele berührte.

Ginevra hatte Maria gebeten, ihm nicht zu erzählen, was vorgefallen war, und so hatte diese das Geheimnis gehütet und auf die drängenden Fragen des jungen Mannes nur ausweichend geantwortet.

Eine Woche lang kümmerte sich Carlo mit unermüdlichem Eifer um Ginevra, las ihr jeden Wunsch von den Augen ab, gab sich fröhlich, um sie lächeln zu sehen, und pflegte sie aufopfernd mit tausend Aufmerksamkeiten, denn diese Kur nutzt einem Kranken mehr als jedes Medikament; so kam es, dass Ginevra zehn Tage später schon wieder aufstehen konnte. Carlo legte ihr einen Schal über die Schultern und eine Decke über die Knie und rückte mit seinem Stuhl an den der Cousine heran, denn er hatte beschlossen, ihr endlich seine Gefühle und Zukunftspläne zu offenbaren.

«Hör mal, Ginevra, ich habe es dir noch nicht erzählt, aber ich habe viertausend Lire gewonnen! Ein wahrer Glücksfall, denn du weißt ja, dass ich normalerweise nicht spiele. Außerdem verdiene ich mittlerweile fünf Lire täglich, und so bin ich fast schon reich. Ich habe dir nie gesagt, wie lieb ich dich habe, aber das weißt du besser als ich, und ich würde dich gerne heiraten. Nein, unterbrich mich nicht, lass mich ausreden! Ich weiß, du brauchst einen gebildeteren Mann, ich bin ein ungehobelter Bauer, und du bist so klug, aber ich habe dich so gern, Ginevra, du wirst ein hübsches Haus haben, in dem du herrschen kannst wie eine Königin, und wir werden glücklich sein!»

Die Röte stieg dem Mädchen ins Gesicht, das mit gesenktem Kopf, leise vor sich hin murmelnd, sagte:

«Es geht nicht!»

«Es geht nicht? Warum nicht, Ginevra? Bin ich dir so zuwider, dass du es vorziehst, von Almosen zu leben, anstatt meine Frau zu werden? Überleg es dir, Ginevra! Was wirst du tun, ganz allein auf dieser Welt, so jung und ohne einen Menschen, der dich beschützt? Und wenn du schon nicht an dich denken willst, so denke wenigstens an mich, denn ich wüsste nicht, wie ich weiterleben sollte, ohne die Hoffnung, dass du eines Tages mein sein wirst.»

Ginevra lauschte zutiefst berührt den Worten des Cousins, wusste jedoch nicht, was tun. Auch ihr war durchaus bewusst, dass es für sie mittlerweile keine vernünftigere Lösung gab, als sich an den Rettungsanker zu klammern, den ihr das Schicksal bot. Aber unter keinen Umständen wollte sie – selbst wenn sie dafür den Königsthron besteigen könnte – diesen lieben, treuen Jungen hintergehen, der ihr schon so viele Beweise seiner Zuneigung geschenkt hatte.

«Carlo, Gott allein weiß, wie sehr ich dein Angebot schätze, und dafür bin ich dir aus tiefster Seele dankbar, aber ich kann es nicht annehmen, Carlo, ich kann nicht!»

«So nenne mir doch wenigstens den Grund!», beharrte er hartnäckig, hoffend, sie möge ihren Starrsinn überwinden, außerdem schien sie ihm schon etwas zu schwanken.

«Nun gut, Carlo, du zwingst mich zu einem sehr schmerzvollen Geständnis, doch lieber erröte ich vor Scham vor dir, als dass ich mir Unaufrichtigkeit nachsagen ließe.»

Und so erzählte sie von ihrer Affäre mit Rodolfo, nichts verschwieg sie ihm, nichts ersparte sie ihm. Carlo spürte, wie sein Blut in Wallung geriet. Vom Schlimmsten war er ausgegangen, nur davon nicht! Also auch sie! Auch sie, die er wie eine Heilige verehrt hätte! Das Bekenntnis kam so unerwartet, so niederschmetternd, dass in ihm eine wilde Wut gegen die Cousine aufstieg, und am liebsten hätte er sie gewürgt, ihr die hässlichsten, gemeinsten Beschimpfungen ins Gesicht geschleudert.

«Das glaube ich gern, dass es nicht geht!», fuhr er sie an, wütend im Zimmer auf und ab gehend. «Das glaube ich gern! Ich werde sofort nach Rom zurückgehen, gleich morgen! Und du wirst schön hierbleiben und dir irgendeinen Lackaffen suchen, der dich als Dienstmädchen einstellt. Aber auf mich kannst du jedenfalls nicht mehr zählen, ich habe mich schon genug aufgeopfert ...»

Ohne etwas zu entgegnen, brach Ginevra in leises Schluchzen aus, und Carlo blutete das Herz, angesichts ihres Schmerzes wurde er schwach, und er fühlte, wie das Schweigen der Cousine seinen Zorn gedämpft hatte.

Er machte sich zum Gehen bereit, denn er fürchtete, er könnte der Versuchung unterliegen, ihr zu verzeihen, doch bevor er hinausging, wollte er noch einmal in ihr Gesicht blicken, um zu sehen, ob ihm das eben Gehörte Ginevras Antlitz weniger wertvoll oder weniger liebenswürdig erscheinen ließ. Oh, nein! Sie war immer noch dieselbe, und sie gefiel ihm noch immer sehr!

Schnell eilte er die Treppen hinunter, er wollte einfach nur weg, irgendwohin, und so setzte er sich in eine nahe gelegene Kneipe, die Ellbogen auf den Tisch und das Kinn auf die geschlossenen Fäuste gestützt, und unter dem Lärm von klirrenden Gläsern und dem lauten Gebrüll der Trinkenden begann er nachzudenken.

«Die Eltern sind schuld, sie haben sie auf den falschen Weg geführt», überlegte Carlo. «Die Regierung ist schuld, die zu viele Schulen hat und zu viele Lehrerinnen ausbildet, die dann am Hungertuch nagen, und auch ich bin nicht ganz unschuldig, denn ich hätte sie sofort heiraten sollen! Die Ärmste! Ganz ohne Mutter, und mit so einem Vater ... – besser wär's ja, sie hätte keinen! Was blieb ihr denn anderes übrig?»

Diese und viele andere Gründe fielen Carlo zu ihrer Verteidigung ein, und sein Herz schlug so sehr für Ginevra, dass der arme Verliebte bereit war, sie alle zu akzeptieren.

Er nahm sich vor, Ginevra bis zum nächsten Tag nicht zu sehen, um dann mit der nötigen Ruhe mit ihr zu sprechen, doch eine Stunde später hatte er sich schon wieder in der Wohnung des Arbeitsvermittlers eingefunden.

«Denkst du noch immer an diesen Schuft?», fragte er geradewegs, kaum dass er im Zimmer stand.

«Nein», erwiderte sie zögernd. «Ich werde zusehen, dass ich nicht mehr an ihn denke.»

«Wenn das so ist, werde ich dich zur Frau nehmen, trotz allem, das habe ich beschlossen! Ich werde morgen abreisen, alle Vorbereitungen treffen, und wenn du wieder gesund bist, kommst du nach Rom, und wir werden gleich heiraten. Willigst du ein …?» Die Strenge seiner Worte stand in merkwürdigem Kontrast zum flehenden Ton seiner Stimme.

«Ich willige ein», gab Ginevra mit einem zarten Lächeln zurück und streckte dem Cousin die Hand entgegen, die Augen geschlossen, um den strahlenden Bildern der Vergangenheit zu entkommen, die sie noch immer verfolgten.

Seit drei Jahren sind Carlo und Ginevra nunmehr verheiratet, sie haben ein süßes Mädchen, das sie sehr lieben. Dem Anschein nach verläuft ihr Leben jetzt heiter und ruhig, aber ich glaube nicht, dass sie restlos glücklich sind.

Auch wenn Carlo nichts sagt, so denkt er oft – zu oft – daran, dass Ginevra vor ihm einem anderen Mann gehört hat, und das macht ihn bisweilen misstrauisch und ungerecht.

Ginevra denkt mit Wehmut an ihre goldenen Träume aus Jugendtagen, sie vergleicht die ungehobelte Art ihres Mannes mit Rodolfos Eleganz, und dann weint sie verstohlen und vergisst, wie viel Großmut der Cousin durch sein Verhalten bewiesen hat.

In beiden ist die Erinnerung an die Vergangenheit noch lebendig, und nur Ginevras Sanftmut und Carlos Liebe ist es zu verdanken, dass zwischen den Eheleuten kein ernsterer Streit aufkommt.

Jede Anspielung auf die Vergangenheit wird sorgfältig vermieden, und nur einmal geschah es, dass der Taufpate der kleinen Maddalena im Scherz sagte: «Aus dir wird mal eine tüchtige Lehrerin!», worauf Carlo gehörig mit der Faust auf den Tisch schlug und rief: «Um Gottes willen, nein!», und Ginevra mit vor Entsetzen verschlungenen Händen wieder und wieder sagte: «Nein, niemals! Niemals …!»

Nachwort

1887, als in Rom ein schmales Bändchen mit dem schlichten Titel *Maestra* (*Lehrerin*) der gerade 19-jährigen Clarice Tartufari erscheint, ist das Jahr, in dem Italien erwachsen geworden ist. Der *Regno d'Italia*, 1861 als liberal-demokratischer Staat mit Vittore Emanuele II. als konstitutionellem Monarchen aus der Taufe gehoben, hatte die ersten zwanzig Jahre seiner Existenz mit den Kinderkrankheiten eines Staates zu kämpfen, der sich abmühte, zu einer Nation zu werden. Italien war zerrissen zwischen agrarisch-armem Süden und (verhältnismäßig) wohlhabendem Norden mit auseinanderklaffender Wirtschafts-, Infra- und Verwaltungsstruktur, zerrissen zwischen laizistisch orientierten Führungseliten und papsttreuen Katholiken, denen Papst Pius IX. 1871 jede aktive Teilnahme an der italienischen Politik verbot. Geschüttelt von immer neuen Regierungskrisen, in den sechziger Jahren außenpolitisch abhängig und am Gängelband Frankreichs, diente sich Italien im deutsch-österreichischen

Krieg von 1866 Preußen als Bündnispartner an, unterlag aber dem als altem Blockierer der Einheit verhassten Österreich.

In den späten 1870er und 1880er Jahren aber war die Zeit der Abhängigkeiten und Demütigungen überwunden. Aus Italien, dem Juniorpartner des 1882 geschlossenen Dreibundes aus Deutschem Reich, Österreich-Ungarn und Italien, wurde 1887, dem Jahr seiner Neuverhandlung, eine selbstbewusste Nation, die Frankreichs neuen Präsidenten, General Boulanger, und den deutschen Reichskanzler Bismarck gegeneinander ausspielte. Italien gab sich in den achtziger Jahren nicht mehr mit einer defensiven Bündnispolitik zufrieden, sondern beanspruchte wie andere Kolonialmächte auch aggressiv seinen Platz an der (afrikanischen) Sonne. 1887 ist das Jahr, in dem Italien zum ersten Mal für diesen Platz mit Menschenleben bezahlte, im äthiopischen Dogali: Über 400 italienische Soldaten wurden am 26. 1. 1887 niedergemacht, weil Italien in einer Mischung aus Überheblichkeit und Ignoranz den nur vermeintlich schwachen Kaiser Äthiopiens unterschätzt hatte.

1887 hat Italien die Züge eines zu schnell gewachsenen Kindes: laut, gewaltbereit, wenig vorausschauend und – ungebildet. 1887 waren 67 Prozent der Italiener Analphabeten, trotz oder wegen einer Reihe von Schulreformen. 1859 hatte ein wichtiges Schulgesetz, die *legge Cesati*, das Schulgeld für die Grundschulausbildung abgeschafft, alle Gemeinden zum Unterhalt einer Gemeindeschule für die ersten zwei Schuljahre (und jene mit mehr als 4000 Einwohnern für weitere zwei Jahre) verpflichtet, die Eltern für den Schulbesuch ihrer Kinder verantwortlich gemacht und die Grundgehälter der Lehrer festgelegt. Dass zwei Jahre viel zu kurz waren, den zumeist nur einen der lokalen Dialekte sprechenden Kindern nicht nur Lesen und Schreiben, sondern auch ein einheitliches Standard-Italienisch beizubringen, dass sich etwa Landgemeinden mit schwachen Finanzen keine sonderliche Mühe um Schulgebäude und Ausstattung gaben und dass das Gesetz keine Sanktionen gegen Eltern vorgab, die ihre Kinder aus nackter Not nicht in die Schule, sondern aufs Feld schickten, hat auch die Gesetzesreform der *legge Coppino* von 1877 kaum geändert. Die Probleme verschärften sich eher: Die Schulpflicht und die Verantwortung der Gemeinden blieben bei zwei bis drei Jahren für die sechs- bis neunjährigen Jungen und Mädchen, Ausbildung und Gehalt für das anwachsende Heer der Grundschullehrer und vor allem Grundschullehrerinnen wurden kaum verbessert, sodass das Lied vom deklassierten «armen Dorfschulmeisterlein» für

Italien noch Gültigkeit hatte, als in Preußen der unterbezahlte und von Nebentätigkeiten lebende Lehrer Lämpel, der bei Wilhelm Busch von seinen Schülern gequält wird, schon Geschichte geworden war. Da der Religionsunterricht für die Elementarschule vom Lehrplan gestrichen und durch eine Art Staatsbürgerkunde ersetzt wurde, waren die italienischen Katholiken zusätzlich gegen das Schulsystem des laizistischen Staates aufgebracht. Die Grundschullehrer standen zwischen Hammer und Amboss, zwischen Bürgermeister und Gemeindepfarrer.

Liest man die italienischen Kinder- und Jugendklassiker, die bemerkenswerterweise alle aus den 1880er Jahren stammen, dann erscheint diese Bildungs- und Lehrermisere in einem eher rosigen Licht. Aber dass sich mit Carlo Collodis Weltbestseller *Pinocchio. Die Geschichte einer Holzpuppe* (1881–1883) und Edmondo de Amicis' enorm erfolgreichem Roman *Cuore* (*Herz*), dem fiktiven Tagebuch eines Oberschülers (1886), zwei mehr oder minder nationalpädagogische Kinderbücher mit dem Thema Schule und Schulschwänzen, den Aufgaben der Lehrer und den Pflichten der Schüler beschäftigen, deutet auf die Dringlichkeit der Situation in einem Land, das insbesondere in den ländlichen Gebieten den Analphabetismus nicht in den Griff bekam.

Doch es ist weniger Carlo Collodi, der der italienischen Schule ihr Denkmal setzt: Pinocchios anarchisch-subversiver Freiheitsdrang ist stärker als alle Disziplinierungsmaßnahmen der staatlichen Schule, deren Schilderung im ganzen Roman auffällig blass bleibt. Aus der Holzpuppe einen *ragazzino perbene*, einen anständigen Jungen zu machen vermag die Schule nicht. Dazu bedarf es der von niemandem gebildeten inneren Güte Pinocchios – und natürlich der märchenhaften guten Fee mit den türkisfarbenen Haaren, die außerhalb jedes Lehrerkollegiums steht.

Edmondo de Amicis, Manzoni-Schüler und Propagandist der staatstragenden Werte König und Vaterland, hat in seinem in kürzester Zeit 40 000-mal verkauften Erfolgsroman *Cuore* aus Collodis Fee eine Lehrerin aus Fleisch und Blut, aber von feenhafter Güte werden lassen. Die Lehrerin, die «maestra», wird zur Ersatzmutter für die Jüngsten der jungen Nation, der De Amicis im Kapitel «Die Lehrerin meines Bruders» ein heroisch-idyllisches Denkmal gesetzt hat:

> Was für eine Geduld müssen sie mit den Kindern der ersten Grundschulklasse haben, alle zahnlos wie die Alten, die das «R» und das «S» nicht richtig aussprechen, und einer hustet, dem anderen tropft

das Blut aus der Nase, der dritte verliert seine Holzschuhe unter der Bank, der vierte weint, weil er ein Schreibheft mit falscher Lineatur gekauft hat. Fünfzig in einer Klasse, die nichts wissen, mit Händchen wie Butter, und denen soll sie Schreiben beibringen. Nie sind sie aufmerksam: Eine große Fliege, die zum Fenster hereinfliegt, bringt alles durcheinander. Die Lehrerin ist eine Mutter für sie, hilft ihnen beim Anziehen, verbindet zerstochene Finger, hebt herunterfallende Mützen auf. Arme Lehrerinnen! Und dann kommen die Mütter, um sich zu beklagen: Wie kommt es, dass mein Junge seinen Stift verloren hat? Warum lernt meiner nichts?

Manchmal wird die Lehrerin meines Bruders wütend auf die Kinder, und wenn sie nicht mehr weiterweiß, beißt sie sich auf den Finger, um nicht zu schlagen; sie verliert die Geduld, aber dann schämt sie sich und streichelt das Kind, das sie ausgeschimpft hat.

Jung ist sie und groß, die Lehrerin Ducati, und gut gekleidet, dunkelhaarig und unruhig, alles macht sie wie durch eine Feder hochgeschnellt, von einem Nichts ist sie gerührt, und dann spricht sie mit großer Zärtlichkeit.

Natürlich: Auch bei De Amicis kennen Schüler wie Lehrerinnen materielle Not, die aber durch den Sieg des Gefühls weniger als Mangel denn als Voraussetzung für den Beleg dient, dass die Lehrerin nicht von Brot allein lebt, sondern von der Erfüllung ihrer Mission, der Mütterlichkeit als Beruf. Der größte Kummer der «Lehrerin meines Bruders» bei De Amicis ist nicht die Erbärmlichkeit des Klassenraums, die eigene Armut, die Ignoranz der Gemeindeverwaltung, nicht einmal mangelnder Lernerfolg, sondern der Schmerz, sich nach zwei Jahren von ihren liebgewordenen Schülern trennen zu müssen. Nicht umsonst heißt der Roman nicht *Cervello* (Gehirn), sondern *Cuore* – «Herz».

Der Titel *Maestra*, den die 19-Jährige Clarice Tartufari ihrem literarischen Debüt 1887 gegeben hat, ist vor diesem gefühlvoll-verklärenden Hintergrund von einer geradezu schneidenden Sachlichkeit, die man mit einem gedanklichen Ausrufungszeichen versehen sollte: Seht her, *das* sind die wirklichen Verhältnisse, in denen eine Lehrerin heute lebt! Die Indignation, die der italienische Titel spüren lässt, ist die einer jungen Frau, die aus eigener Erfahrung weiß, wovon sie spricht. Clarice Tartufari hatte selbst das Examen einer Grundschullehrerin, einer «maestra», gemacht. Und auch wenn ihr Roman kein Erlebnisbericht und noch weniger eine Autobiographie ist, bietet er doch so etwas wie eine ungeschönte Innensicht eines neuen Berufsstandes, dessen Idealismus einer «Berufung» durch die sozialen und materiellen Verhältnisse, die verweigerten Aufstiegshoffnungen und die unübersehbare Proletarisierung aufgezehrt wird, noch bevor die erste Schulstunde absolviert ist.

Dieses für eine 19-Jährige erstaunliche Bemühen um einen fast soziologisch geschärften Blick macht eine erste, dokumentarische Ebene des Romans aus: Ginevra Gabrielli, die Protagonistin, stammt aus kleinen Verhältnissen – die Mutter Maddalena ist Büglerin, der Vater Briefträger – in einem lichtlosen, überbevölkerten Mietshausviertel der neuen (seit 1871) Hauptstadt Rom, die der Zustrom von arbeitsuchenden Landbewohnern 1881 auf 300 000 Einwohner hat anwachsen lassen. Typisch für die ohnehin bedrängten Wohnverhältnisse sind die Untermieter vom Land, die – wie Ginevras Cousin, der Möbeltischler Carlo – zum Haushaltseinkommen beitragen müssen. Auf Ginevra, die einzige Tochter, konzentrieren sich die bescheidenen Aufstiegshoffnungen der Eltern, die im Beruf der Volksschullehrerin eine der wenigen Möglichkeiten des Ausstiegs aus der sozialen Misere der eigenen Heimarbeiter-/Angestelltenschicht sehen und intuitiv den gesteigerten Bedarf an Lehrern im modernen laizistischen Schulsystem Italiens vor allem als finanzielle Chance für sich und ihre Tochter ausnutzen. Ein sich über alle materiellen Bedingungen hinwegsetzender pädagogischer Eros, wie ihn De Amicis predigt, findet in Clarice Tartufaris Roman keinen Platz: Ginevras Berufswahl ist gänzlich fremdbestimmt, pädagogische Eignung spielt keine Rolle, von Enthusiasmus für das Unterrichten ist so wenig die Rede, dass Ginevra nach ihrem Scheitern als Dorfschullehrerin ohne Wehmut von ihrem Beruf Abschied nimmt. Am Ende von Ginevras Ausbildung zur Lehrerin, deren Ereignis- und Inhaltslosigkeit bereits dadurch unterstrichen wird, dass Clarice Tartufari sie in dem schlichten Satz «Die drei Jahre verliefen ruhig und eintönig (...)» zusammenfasst, stehen die erwartbaren Enttäuschungen, die mit erstaunlicher Genauigkeit den historischen Tatsachen entsprechen: Da zwar viele Lehrer und Lehrerinnen ausgebildet, aber nur vergleichsweise wenige in den Gemeindeschulen eingestellt wurden, rückt Ginevras Anstellung zunächst in weite Ferne. Obwohl die Zahl der Grundschüler zwischen 1882 und 1892 um eine halbe Million auf etwa 2,5 Millionen stieg, stellte der italienische Staat nur 10 000 zusätzliche Lehrer ein. Als die Hartnäckigkeit der Mutter diese Hürde überwindet, stellt sich das Jahresgehalt der 18-Jährigen mit 600 Lire als so gering heraus, dass die Hoffnung der

Familie auf ein Ende ihrer finanziellen Not schnell verfliegt. 600 Lire entsprachen etwa der Hälfte dessen, was eine preußische Grundschullehrerin im Jahr verdiente.

Ginevras Enttäuschungen gehen weiter. Die «Schule» des Dörfchens bei Frascati ist so erbärmlich, wie es dank der von der *legge Cesati* und *legge Coppino* allein den Gemeinden auferlegten Unterhaltung der Schulen zu erwarten war: ein düsterer Klassenraum mit vier Bankreihen, ein alter Katheder, eine Tafel und eine Besenkammer mit dem Aussehen einer Gefängniszelle als Wohnraum für die Lehrerin. Im Klassenraum hängen ein «rußgeschwärztes Kruzifix und ein Porträt des Königs» – zwei symbolische Objekte, die in der Schäbigkeit ihrer Umgebung für den Absturz des hohen religiösen und staatlichen Ideals der Erziehung in die Erbärmlichkeit materieller Unzulänglichkeiten stehen.

Bevor Ginevra diese zu spüren bekommt, wird sie mit einem weiteren Problem konfrontiert: Die Autorin deutet die «römische Frage» durch den Kontrast zwischen dem «rußgeschwärzten Kruzifix» und dem offensichtlich besser erhaltenen Porträt des italienischen Königs im Klassenzimmer symbolisch an, noch bevor sie für Ginevra virulent wird. Als Lehrerin gerät sie unweigerlich zwischen die Fronten des Bürgermeisters und des Pfarrers, zwischen die verkleinerte laizistische Staatsmacht und die religiöse Autorität, die eben jene für das Werk des Teufels hält.

All das könnte erklären, warum Ginevras Tätigkeit als «maestra» schon nach wenigen Wochen endet, und damit könnte die Erzählung schließen, ginge es Clarice Tartufari lediglich um einen Sozialreport über eine deklassierte Berufsgruppe. Aber Ginevras Weg ist noch nicht zu Ende: Die Entscheidung, Lehrerin zu werden, ist vielmehr nur der unglückselige Auslöser für eine Kette von Enttäuschungen, die Ginevra in einen nur unter Mühen in ein brüchiges *happy ending* umgeleiteten finanziellen, sozialen und emotionalen Abstieg führt. Wenn so aus der hoffnungsvollen Lehrerin erst das Zimmermädchen, dann die ausgehaltene Geliebte, die sich mit dieser «Schande» das Glück eines kleinbürgerlichen Ehe- und Familienidylls zu zerstören droht, und schließlich die mittellose Kranke wird, dann zeigt Clarice Tartufari, dass für sie die Dokumentation eines Milieus zu den typischen Elementen des zeitgenössischen, modernen Romans gehört: Der «Realismus» der zweiten Hälfte des 19. Jahrhunderts forderte die «exakte, ehrliche und vollständige Reproduktion des Milieus, in dem man lebt» (so programmatisch die französische Zeitschrift *Réalisme* 1856), und kehrte so die seit Aristoteles gültige Forderung, die Literatur habe (im Gegensatz zur Geschichtsschreibung) das Sollen, nicht das Sein darzustellen, in das Gegenteil um.

So sehr aber der Roman des Realismus dokumentarischen Charakter hat – als Roman bleibt er auf einen dramatischen Kasus angewiesen, der die fiktive Handlung in Gang hält: Die Romanciers des 19. Jahrhunderts sehen diesen Kasus vor allem – so die Romanautoren Edmond und Jules de Goncourt 1860 – in der «passion de la femme dans le mariage»: die Leidenschaft der Frau in einer Ehe, in der die für das Rollenbild des 19. Jahrhunderts typische «zarte, hochgestimmte, empfindsame und zitternde Frauen-Seele» mit einem mehr oder minder groben Mann zusammengekoppelt wird, der «seinen Apfel isst, ohne ihn zu schälen, und der liebt, wie er verdaut». Nicht der Mann mit seiner beschränkten Sensibilität und seiner Neigung zum Arrangement mit dem Status quo, sondern die ihrer Natur nach phantasiebegabte, unruhige Frau am Rande des Nervenzusammenbruchs gerät in Konflikt mit einem Milieu, mit dem sie sich nicht abfinden will, das ihr aber gleichermaßen enge Grenzen setzt: Frauen geben für die Goncourt den Stoff ab, aus dem Romane gemacht werden, Männer sind lediglich Reibungsflächen. Frau sein in der Ehe – das heißt für die meisten Frauenfiguren des 19. Jahrhunderts, entweder an permanenter Enttäuschung in und an ihrem Ehe- wie Sozial-Milieu zugrunde zu gehen wie Emma Bovary, Anna Karenina, Renée Rougon oder Effi Briest; oder die Positionen umzukehren und zum «Mann» in der Beziehung zu werden wie Mathilde Möhring in Theodor Fontanes geichnamigem Roman von 1891. Dass Mathilde Möhring, die zur Bürgermeistersgattin aufgestiegene, energische Kleinbürgerin, nach dem Tod ihres schwächlichen Mannes nicht absteigt, sondern eben durch die Ausbildung zur Grundschullehrerin ihrem Leben eine positive Richtung gibt, macht sie zum preußischen Gegenmodell der eben an diesem Beruf und ihrem Nervenkostüm scheiternden Ginevra.

Tartufaris Protagonistin hat viel von den nervösen, unglücklichen Frauenfiguren des europäischen Realismus: den zarten Körperbau, die Fieberhaftigkeit, vor allem die gesteigerte Sensibilität und eine realitätsverklärende Phantasie. Im Gegensatz zu den phantasielosen und folglich ungefährdeten Männern ist Ginevra das, was bereits ihr prätentiöser Name andeutet: «Ginevra» ist die italienische Version von «Guinivere», der Frau des Königs Artus und unglückliche Geliebte des ebenso unglücklichen Ritters Lancelot im französischen *roman courtois* des Mittelalters. Es ist kein Wunder, dass Tartufari die von prosaischen Giuseppes und

Carlos umgebene Ginevra von Beginn an mit dem unübersetzbaren *poetizzare* charakterisiert – einer Neigung zur dichterischen Verklärung der Realität, die sich aus dem Buchwissen der «Feenmärchen» speist. Wenn sich Ginevra in ihrer «jugendlichen Phantasie» vorstellt, in einer «sauberen, ordentlichen Schule (...) umgeben von einer rosigen und lächelnden Kinderschar» zu leben, dann verwechselt sie Geschichten wie die aus De Amicis' *Herz* mit der Wirklichkeit, die ihr das erbärmliche Dasein in der Dorfschule zumuten wird. Ginevra erscheint als italienische Emma Bovary, mit der sie nicht nur den Hang zur romanhaften Wirklichkeitsverklärung, sondern auch den Namen des Geliebten teilt: Beide verfallen einem Rodolphe / Rodolfo in der falschen Vorstellung ewiger Liebe, beide werden von ihm verlassen, mit ‹typisch männlicher› Phantasielosigkeit in kürzester Zeit vergessen und in den Selbstmord oder psychosomatische Fieber-Krankheit getrieben. Tartufaris Erzählen orientiert sich so ebenso sehr an Gustave Flaubert (und italienischen Pendants wie Federico de Roberto) wie an dem von den spärlichen Stimmen der italienischen Literaturkritik oft angeführten Honoré de Balzac: In der Erzählerstimme mischen sich die Balzac'schen auktorialen Kommentare mit der diskreten Ironie Gustave Flauberts, die unmerklich in die über weite Strecken bevorzugte Innensicht der Protagonisten eingeht. Wenn Ginevra etwa an Rodolfos Schwur ewiger Liebe glaubt «wie an Gottes Allmacht», dann findet sich der Leser zwar in der Gedanken- und Diskurswelt Ginevras, kann sich aber gleichzeitig an das «rußgeschwärzte Kruzifix» im Schulraum und daran erinnern, dass im Roman die Berufung auf Gott irdisches Glück keineswegs garantiert.

Doch trotz dieser unverkennbaren Bezüge zu Gustave Flauberts *Madame Bovary* beschränkt Tartufari die Gründe für Ginevras Scheitern nicht auf die Irrtümer der weiblichen Phantasie. Vielmehr werden diese eingebettet in die Suche nach der determinierenden Funktion des sozialen Milieus, die mit Émile Zola zu einem der großen Romanthemen des letzten Jahrhundertdrittels wird. Neben der «histoire naturelle», den genetischen Bedingungen der Familiengeschichte, sollte sein naturalistischer Romanzyklus *Les Rougon-Macquart* (1871–1892) ja auch die «Sozialgeschichte einer Familie im Zweiten Kaiserreich» bieten. Zola nimmt die nach der Französischen Revolution und mit der beginnenden Industrialisierung in Bewegung geratenen gesellschaftlichen Milieus in den Blick, das der Bauern ebenso wie das der Wäscherinnen, Minenarbeiter, Eisenbahner, Prostituierten, Schriftsteller, Banker,

Kaufhausbesitzer, Ärzte. Die Lebenswege seiner Figuren kennen – je nach deren genetischer Ausstattung – nur zwei Richtungen: Die durch die Trunksucht der Vorfahren vorbelasteten Figuren steigen ab und enden in der Gosse wie Gervaise in *L'Assommoir* (*Der Totschläger*) oder im Selbstmord wie der Frauenmörder Jacques in *La bête humaine* (*Das Tier im Menschen*); die aggressiven, gierigen Figuren hingegen steigen auf und werden von Provinzadvokaten zu Baulöwen und Ministern.

Wenn Clarice Tartufari den Roman eines bestimmten Milieus – das der Grundschullehrer – schreibt und ihre Protagonistin einen Weg der Deklassierung von der Lehrerin zum Zimmermädchen, zur Geliebten eines Schriftstellers, schließlich zur mittellosen Kranken durchlaufen lässt, dann hat sie dieses «französische» Modell im Blick, gibt ihm aber eine andere, eine «italienische» Richtung. Es ist nicht die genetische Ausstattung, die Ginevras Weg determiniert und sie scheitern oder gewinnen lässt, sondern der Zusammenprall von materiellen und gesellschaftlichen Verhältnissen der Moderne mit einem dagegen ankämpfenden, aber letzten Endes zu schwachen Individuum. Giovanni Verga hat in seinem Roman *I Malavoglia* (*Die Malavoglia*) 1881 das darwinistische Konzept der «lotta per l'esistenza», des Kampfes um die eigene Existenz, um ihre Sicherung und Steigerung, als Movens der Geschichte einer Fischerfamilie eingesetzt und damit eine Grundforderung für die italienische Form des ‹Naturalismus›, des *Verismo*, formuliert: Die «vinti», die Besiegten, zu zeigen, «die der Strom an das Ufer gespült hat, nachdem er sie herumgewirbelt und ertränkt hat». Auch Tartufari lässt ihre Charaktere von den ersten Sätzen des Romans an einen ermüdenden Kampf um ihre Existenz kämpfen, am deutlichsten die Frauen: Ginevras Mutter ist von der Last derjenigen gezeichnet, die mit «den Nöten des Lebens zu kämpfen hat», und auch Ginevra rafft sich nach dem Scheitern ihrer Anstellung als Hauslehrerin mit dem bezeichnenden Satz «Ich werde kämpfen, bis zuletzt» auf – um in eine erneute Niederlage zu gehen.

Dieser Kampf jedoch, und das unterscheidet Ginevra von den um ihren materiellen Wohlstand kämpfenden Figuren der Veristen, ist auch ein Kampf um die eigene Integrität und vor allem die sexuelle Selbstbestimmung. Hierin liegt der besondere, weibliche Blick Clarice Tartufaris auf ihre Hauptfigur: Letztlich motivieren nicht nur die typischen Determinanten des veristischen Romans – etwa ein mit Akribie gezeichnetes Milieu – Ginevras Weg, sondern ebenso ihr Widerstand gegen die offenen und verdeckten sexuellen Aggressionen einer Gesellschaft, die weibliche Verfügbarkeit insbesondere von den Frauen der Unterschicht fordert. Denn es ist ja nicht die verkleinerte «römische Frage» der Feindschaft zwischen Pfarrer und Bürgermeister, die Ginevras Entlassung aus dem Schuldienst provoziert, sondern die plumpe Annäherung und der Vergewaltigungsversuch des Bürgermeisters, den beim Schulinspektor anzeigen zu wollen Ginevra den Mut und die Naivität besitzt. Die Verbindung von sexueller Gewalt und gesellschaftlicher Macht findet sich an mehreren Stellen in Tartufaris Roman angesprochen: Auch Ginevras Anstellung als Hauslehrerin einer reichen Familie in Mailand scheitert an einem dem Hausherrn von seiner Ehefrau implizit unterstellten begehrlichen Blick auf die junge Frau. Selbst Rodolfos von Ginevra ersehnte Liebe entpuppt sich als flüchtige Leidenschaft, die unter dem Ansturm materieller Schwierigkeiten umso schneller in sich zusammenstürzen kann, weil Rodolofo sich der sozialen Differenz zu seinem Dienstmädchen bewusst bleibt.

Nach der Flucht aus Rodolfos Haus, die den Endpunkt ihres sozialen, wirtschaftlichen und emotionalen Abstiegs markiert, steht Ginevra dort, wo Emma Bovary sich vergiftet, Anna Karenina sich vor den Zug wirft und Effi Briest an einer psychosomatischen Krankheit zugrunde geht. Auch Ginevra erkrankt an einem heftigen Fieber, deliriert und – gesundet am dritten Tag, dem besten Zeitpunkt für eine Auferstehung. Der treue Carlo, der zufällig im Lotto ein Vielfaches von Ginevras Jahresgehalt als Lehrerin gewonnen hat, lässt alles stehen und liegen, um seine gefallene Cousine trotz ihres Geständnisses der Rodolfo-Affäre zu heiraten und mit ihr eine Familie zu gründen. Und es war alles, alles gut!

Wirklich? Das Ende des kleinen Romans scheint auf den ersten Blick die graue Geschichte Ginevras mit einem «wunderbaren», rosa-sentimentalen Ende familiären Glücks zu krönen und allen sozialen Aufstiegshoffnungen der Protagonistin eine konservative Lebensmaxime entgegenzuhalten: Ginevras letztes, sich von ihren alten Lehrerinnen-Träumen verabschiedendes Wort «Nein, niemals! Niemals!» scheint rückblickend zu bestätigen, dass sie bei ihrem Leisten und ihrem Stand hätte bleiben sollen, wie Carlo, der fleißige Arbeiter und Lottogewinner. Doch dieses *happy end* ist für die Protagonisten nur die brüchige Oberfläche, die das Scheitern ihrer Lebensträume und die «Erinnerung an die Vergangenheit» nur mühsam überdeckt. Tartufari lässt Carlo daran leiden, für seine große Liebe immer nur die zweite Wahl zu bleiben, und Ginevra, für die Carlo von Beginn an nie mehr als eine Art Bruder ist, «mit Wehmut (...) die ungehobelte Art ihres Mannes mit Rodolfos Eleganz» vergleichen. Sie stellt so ans Ende ihres Romans, was bei Gustave Flaubert das Anfangsproblem der phantasiebegabten Emma und des gutmütig-tölpelhaften Landarztes Charles Bovary und damit Initialzündung für Emmas Abstieg und Selbstmord war. Materiell ist der Roman *Maestra* mit der Ehe zwischen Ginevra und Carlo zu Ende – aber im Kopf des Lesers beginnt hier ein neuer Roman, der der frustrierten «Leidenschaft der Frau in der Ehe». Auch ohne das (einzige) Heraustreten des Erzählers aus seiner unpersönlichen Deckung und sein «aber ich glaube nicht, dass sie restlos glücklich sind» wissen wir, was am Ende eines solchen Romans nach dem Roman stehen könnte.

Marc Föcking

Biographische Skizze

Clarice Tartufari wird am 14. Februar 1868 in Rom als Clarice Gouzy geboren, legt das Lehrerinnenexamen ab, heiratet jung und zieht nach Bagnore di Monte Amiata in der Provinz Grosseto. Ihr Erstling *Maestra* (1887) hat keinen sonderlichen Erfolg. Nach ersten Lyriksammlungen (*Versi nuovi*, 1894) wendet sie sich dem Theater zu und verfasst – ebenfalls nicht sonderlich erfolgreiche – Komödien und Tragödien. Erst 1905 kehrt sie mit *Roveto ardente* zur Narrativik zurück und verfasst bis zu ihrem Tod am 3.9.1933 sechzehn Romane und Novellensammlungen mit starkem Interesse für soziale und tagespolitische Fragen, die von der zeitgenössischen italienischen Literaturkritik – Benedetto Croce, Luigi Russo, G. A. Borgese, Adriano Tilgher – mehr als freundlich aufgenommen werden und ihr bei Croce den positiven Vergleich mit der Nobelpreisträgerin Grazia Deledda eintragen. Obwohl Clarice Tartufari mit Deledda, Ada Negri, Matilde Serao oder Neera zu den produktivsten italienischen

Autorinnen des frühen 20. Jahrhunderts gehört, ist *Maestra* ihr einziges in modernen Ausgaben verfügbares Werk (*Maestra*, hg. von Riccardo Reim, Rom 2006; *La maîtresse d'école*, Paris 2007).